「ふれあい広場の完成を目指して頑張りましょう！」
Letia
森の民・エルフの姿をした調教師。
ふれあい広場作りに向けてやる気充分
Only Sense Online
オンリーセンス・オンライン
23

「い、いらっしゃいませ」
ベルガモット Bergamot
【ケモモフ同好会】ギルドマスター。
猫耳メイドとして元気いっぱいに接客中
ユン Yun
【アトリエール】を経営する生産職。
金チップのため仕方なく助っ人メイドに

コムネスティー喫茶洋服店にて
「ただいま席にご案内しますね」
エミリオ Emilio
【錬金】と【合成】系の生産職。
密かに憧れていたメイド服で受付中

「……なんだ、あれ」

Only Sense Online 23
―オンリーセンス・オンライン―

アロハ座長

ファンタジア文庫

3394

口絵・本文イラスト　ｍｍｕ
キャラクター原案　ゆきさん

Only Sense Online

ふれあい広場と地底探索

Only Sense Online
オンリーセンス・オンライン 23

Only Sense Online Area Map
廃村
恐竜平原
桃藤花の樹
飛竜山脈
ホリア洞窟
クリス洞窟
第二の町
暗い森
墓地
湖
海
孤島

火山
北の町
高原&グランドロック
鉱山
山脈
第三の町
第一の町
小さな泉
湿地
迷宮街
荒野
N
砂漠

ユン Yun

最高の不遇武器【弓】を選んでしまった初心者プレイヤー。見習い生産職として、付加魔法やアイテム生産の可能性に気づき始め——

ミュウ Myu

ユンのリアル妹。片手剣と白魔法を使いこなす聖騎士《パラディン》で超前衛型。β版では伝説になるほどのチート級プレイヤー

マギ Magi

トップ生産職のひとりとしてプレイヤーたちの中でも有名な武器職人。ユンの頼れる先輩としてアドバイスをくれる

セイ Sei

ユンのリアル姉。β版からプレイしている最強クラスの魔法使い。水属性を主に操り、あらゆる等級の魔法を使いこなす

タク Taku

ユンをOSOに誘った張本人。片手剣を使い軽鎧を装備する剣士。攻略に突き進むガチプレイヤー

クロード Cloude

裁縫師。トップ生産職のひとりで、衣服系の装備店の店主。ユンやマギのオリジナル装備クロード《C》・シリーズ《S》を手がけている

リーリー Lyly

トップ生産職のひとりで、一流の木工技師。杖や弓などの手製の装備は多くのプレイヤーから人気を集める

序章【期末テストと2度目の冬イベント】

「もうじき、来るね。お兄ちゃん」

「ああ、そうだな」

妹の美羽《みう》の呟《つぶや》きに、俺は頷《うなず》き返す。

12月——それは、ＯＳＯに冬イベントがやってくる季節である。

今年の冬イベントは、12月上旬から1月中旬までと去年よりも少しだけ長い期間が設けられている。

その冬イベントは、二段階構成が告知されている。

イベント前半では、夏イベであったクエストチップイベントが復刻されて、冬イベ期間一杯開催される。

イベント後半からは、冬休みに合わせた12月下旬から期間限定エリアも解放される。

その期間限定エリアには参加条件が設けられており、それは迷宮街に到達して【スターゲート】が利用可能な状況であることが公式からアナウンスされている。

イベント前半は、新規プレイヤーや復刻されたクエストチップイベントを楽しみたいプレイヤー向けに設定され、後半からは復刻イベントと期間限定エリアの攻略をプレイヤーが選択できるようになったのだ。

ただし、リアルの方でも大事な行事があり、それは――

「イベントが始まる日は、ちょうど学校も半日帰りだから、ガンガンイベントやるぞー！」

「その半日帰りは、学校の期末テスト期間だから、テスト勉強は忘れるなよ」

「あー！　忘れたいことを思い出させないでよねー！」

リアルでの学校の期末テストの期間が、ＯＳＯの冬イベント開始日からの３日間と被《かぶ》っているのだ。

家のリビングにあるテーブルに向かい合ってノートを広げる美羽は、そのことを聞きたくないと期末テストに頭を抱えている。

そんな美羽をよそ目に俺は、同じテーブルで黙々とテスト勉強を続けている。

一頻《ひとしき》り唸《うな》り声を上げる美羽は、くたっとテーブルに顔を突っ伏して、上目遣いで俺を見つめてくる。

「いいよね。お兄ちゃんは、そこそこ成績が良くて」

「俺は一応、毎日勉強してるんだぞ」

確かに俺もOSOにログインして遊ぶが、ちゃんと毎日コツコツと勉強を続けているのだ。

そのために、慌ててテスト範囲の内容を頭に詰め込む必要もないのだ。

「むぅ……テスト勉強、疲れた。でも、赤点取ると放課後の補習でゲーム時間が減る」

「全く、巧《たくみ》と同じ事言って……ほら、頑張れ」

低い目標でテスト勉強を頑張る美羽に溜息《ためいき》を吐《つ》く俺は、自分のテスト勉強の傍《かたわ》ら、美羽にも勉強を教えていく。

そして、テスト勉強が一段落付き――

「よーし、これでバッチリだ！　お兄ちゃん、勉強見てくれてありがとう！」

「どういたしまして。ただ、他の教科もちゃんと復習しろよ！」

「うん、わかったー！　それじゃあ、テスト勉強の息抜きにゲームするね！」

そう言って、自室へと駆けていく美羽に俺は、本当に大丈夫なのか、とジト目を向ける。

そして、美羽の勉強を見ていた俺だが、今度は更に自分のテスト勉強に集中するために、OSOにログインする。

ＯＳＯにログインした俺は、その足で第一の町に出掛けて、とあるギルドホームにやってきた。

こぢんまりとした一軒家のギルドホームの扉を開けた先には、既に他のメンバーたちが集まっていた。

「あっ、ユンくん。いらっしゃい！」

「頭使って、お腹《なか》空きました……」

「ほら、レティー。もう一頑張りだよ！」

エミリさんが振り返って挨拶をくれる一方、レティーアが草食獣のハルに寄り掛かるように脱力しており、そんなレティーアをベルが揺り起こそうとしている。

レティーアのギルド【新緑《しんりょく》の風《かぜ》】のギルドホームに集まって何をしているのかと言えば、ＯＳＯ内で行なわれる勉強会である。

最初は一人でテスト勉強を行なっていたが、冬イベントを一緒に挑むエミリさんたちも似たような時間帯にログインしていたために、一緒に勉強会をすることになったのだ。

「みんなは、テスト勉強は進んでる？」

「私は、いつも通りね。ユンくんは？」

「ミュウの勉強を見てたから、ここから追い込みかな？」

俺は、エミリさんにそう答えて席に着き、電子化してOSOに取り込んだ資料を広げてテスト勉強を始める。

今回は、優等生のエミリさんと一緒に勉強を教え合っているために、テスト勉強が効率的になっている。

それは、エミリさんも同じらしく、それが互いのモチベーションになっている。

「ユンさんとエミリさんの優等生らしい会話が眩《まぶ》しいですね。私は、もう諦めました……」

「レティー、しっかりするんだよ～。分からないところは教えてあげるから～」

そう言って、脱力するレティーアをベルが励まして、勉強に戻っていく。

しばらく、カリカリと筆記用具の音が響く中で、ギルドホームに新たな来客がやってくる。

「こんばんはー！　レティーアさんたちに差し入れよ！」

「ライちゃん、もう少し声を落とそうよ。みんな集中しているはずだよ」

このギルド【新緑の風】のメンバーであるライナとアルが食料アイテムの差し入れに来てくれたのだ。

「やった、食べ物！　休憩です！」

「そうね。そろそろ一度、休憩に入りましょうか」

エミリさんも問題を解く手を止めて、みんなで一休みする。

「はい、ユンさんもお菓子と飲み物どうぞ」

「ありがとう。でも、アルたちの方はいいのか？　期末テストの勉強は」

差し入れをしてくれたアルに聞くと、苦笑いを浮かべて答えてくれる。

「僕らの期末テストは、皆さんたちより少し早めにあったんですよ」

「だから、私たちは、冬イベント開始日から気兼ねなく挑むことができるのよ！」

俺とアルとの会話に、ライナも加わり自慢げに胸を張って答えてくれる。

「私たちもベルさんの【ケモモフ同好会】の人たちと冬イベント頑張るから、集まったクエストチップは、ふれあい広場作りに使ってよね」

ライナの言葉に、差し入れのお菓子を咥《くわ》えていたレティーアは、それを飲み込んで頷く。

「モグモグ……ンッ……まずは、自分たちが欲しい物を交換してからお願いしますね」

ライナの言葉を軽く受け流すレティーアに俺は、あれっ？　と首を傾《かし》げる。

「ふれあい広場の話って、俺たちだけでやるんじゃなかったっけ？」

俺たちが冬イベに一緒に挑む目的は、【ギルドエリア所有権】を交換するためだ。

レティーアとベルが使役ＭＯＢたちの伸び伸びと過ごせる環境を整えて、調教師プレイヤーたちが集まって交流できる――ふれあい広場のような場所をギルドエリアで作りたいと考えていた。

その考えに賛同した俺とエミリさんが、ギルドエリアを作るために必要な【ギルドエリア所有権】の交換に使うクエストチップ集めに協力する予定であるが――

「あははは っ、最初は、私たちもそのつもりだったんだけどね。他の知り合いのプレイヤーさんたちからも協力したいって申し出があったんだよ」

乾いた笑みを浮かべて説明するベルに、アルが少し寂しそうな顔で言葉を掛けてくる。

「僕たちも同じギルドメンバーなんですから、少しは手伝わせてくださいよ」

捨てられた子犬のようなアルの視線を受けるレティーアは、少し気まずそうに視線を逸《そ》らしている。

元々は、俺たち4人で内々にやるつもりだったのが、予想以上に話が大きくなって気後れしているのかもしれない。

とりあえず、協力を申し出てくれているのは――ライナとアル、ベルのギルド【ケモモフ同好会】のメンバー、それに俺たちの話をこっそりと聞いていたマギさんとクロード、リーリーたち、自発イベントのふれあい広場で手伝いに来ていた調教師プレイヤーたち、更にそうしたプレイヤーたちから他の多くのプレイヤーに話が伝わっていたようだ。

「【ギルドエリア所有権】は、沢山のクエストチップが必要になるから、協力してくれるプレイヤーが大勢居るのは有り難《がた》いわよね」

エミリさんは、協力の申し出を受け入れる意見で居るようだが、俺は少し考え込んでしまう。

「うーん……」

「ユンさん、どうしたんですか？」

「いや、一方的に協力してもらうだけ、ってのも気が引けるなぁと思って」

悩む俺にレティーアが顔を覗《のぞ》き込むようにして尋ねてくるので、率直に思った事を口にする。

他のプレイヤーたちがレティーアのふれあい広場に協力してくれるのは嬉《うれ》しいし有り難いが、一方的に貰《もら》ってばかりだとなんとも落ち着かないのだ。

そんな俺に、ベルの方から提案してくる。

「それじゃあ、協力を申し出てくれたプレイヤーさんたちと協定を結ぶのはどう？　クエストチップを無理のない範囲で提供してもらう代わりに、イベント期間中は手伝いが必要な時はこっちも協力する、みたいな」

ベルの提案に、レティーアも頷いている。

「協力してもらうユンさんやエミリさん、他のプレイヤーさんたちもイベント後半からの期間限定エリアに挑みたいでしょうから、協定の期限は冬イベ前半の間に必要なら協力し合うのがいいかもしれないですね」

「早速、協定についてフレンド通信で提案しておくね！」

協力を申し出てくれたプレイヤーたちにフレンド通信を送ったベルは、その人たちと協定の内容について話を詰めるようだ。

ふれあい広場作りの協力で俺たちや他のプレイヤーたちに期間限定エリアを無視させるのは、レティーアの本意ではない。

けれども、協力の申し出は受け入れることにライナとアルは、嬉しそうな顔をしている。

「私やアルの協力が必要な時は、いつでも手伝うから！　レティーアさんたちはテスト勉強頑張ってね！」

「僕らは僕らで、クエストチップ集めを頑張りますね。それじゃあ、失礼します」

そう言って、ギルドホームから出て行くライナとアルを俺たちは、見送る。

「さて、と……俺たちもテスト勉強を再開するか」

「そうね。応援されちゃったなら、頑張りましょう」

「むぅ、情けない姿は見せられませんね」

「さぁ、レティーの苦手な科目を手伝ってあげるから頑張ろうね～」

そうして俺たちは、ＯＳＯ内での勉強会で互いに分からないところは見せ合い、問題の解き方や覚え方を教え、教わり合った。

そこそこ満足のいく勉強会ができた俺たちは、夜遅い時間になってログアウトする。

そして、リアルに戻った俺がリビングに降りていくと、ＯＳＯにログインしていた美羽がソファーで脱力していた。

「うぉ!? 美羽、どうしたんだ？」

「ううっ、さっきまで、私たちのギルドホームでルカちゃんたちと勉強会していた……」

「あぁ、美羽たちもやってたか……」

逃げ場だと思ってログインしたＯＳＯ内でも、テスト勉強をして疲れたのだろう。

特に、仲の良《い》いルカートたちと一緒であるために逃げられなかったようだ。

そんなテスト前の日々を過ごした俺たちは、期末テストを万全の状態で挑むことができた。

後日、ＯＳＯ内でもテスト勉強をしていた俺と美羽の期末テストが返却され、今までよりもテストの点数が上がったのは余談である。

●

全ての期末テストが終わった本日——半日帰りの学校から帰ってきた俺は、美羽と共に昼食を済ませてから、OSOにログインしてレティーアたちと合流した。

「ユンくん、テストお疲れ様。テストの手応えはどうだった？」

「エミリさんに教えてもらった苦手科目は、手応えあったかな？　エミリさんは？」

「私は、まぁまぁかしらね。あっ、レティーアとベルが来たわ」

互いに期末テストを労《ねぎら》う俺とエミリさんは、OSO内でレティーアとベルとも合流を果たす。

「皆さん無事にテストが終わったようですね」

「これで、冬イベに心置きなく挑めるよ」

私とエミリさんに合流したレティーアとベルもそう言って、OSOの冬イベントに纏《まつ》わるインフォメーションを確認する。

「冬イベ前半は、クエストチップイベントの復刻と五悪魔のダンジョンの恒常化だから、目立った変化はないみたいね」

「変更点としては、報酬のクエストチップ数の調整と恒常化された五悪魔のダンジョンの難易度調整とかですかね」

エミリさんとレティーアがインフォメーションを見る限り、冬イベントの前半では新エリアや強敵の追加などの大きなアップデートはないようだ。

だが、生産職としては、面白いアップデート内容を見つけた。

「ユニーク装備や装備関係でのアップデートが多いみたい！」

「あっ、ホントだ。内容は――」

ベルが気付き、俺も装備関連のアップデート内容に目を通す。

一つ目のアップデート内容は、各町に存在する生産系ＮＰＣ《ノン・プレイヤー・キャラクター》に特定の素材とお金を渡すことで対応するアイテムを作って貰える――アイテム作成システムの実装だ。

これは、グランドロックの体内にいる名工ＮＰＣと同じようなことが各町でもできるようになるようだ。

各町の武器屋ＮＰＣの場合は、作れる装備リストは異なるが、今までの店売り装備より一段階強い装備を手に入れることができる。

初心者には、店売り以上プレイヤーメイド未満の位置付けの装備になる。

だが、上級者になると、ＮＰＣ限定のレアな追加効果を手に入れるために何度も装備作成を繰り返す——通称、装備ガチャなんて呼ばれる行為に手を出し始める。

そうしてプレイヤーたちに素材とお金を消費させるのも、このコンテンツを追加した目的なのかもしれない。

もう一つのアップデート内容は、固有のアクティブスキルを持つユニーク装備の実装や既存のユニーク装備にアクティブスキルを追加する調整だ。

こちらは、既存センスのスキルやアーツの下位互換が使える装備のアクティブスキルを更に発展させたアップデートだ。

新規で追加されるユニーク装備には、モチーフとなったボスＭＯＢや装備デザインに合わせた固有のスキルを使えるようになるらしい。

新たに実装される固有のアクティブスキルの効果によっては、プレイヤーの戦略の幅が広がるかもしれない。

今回のアップデートは、全体的に控えめな内容ではあるが、生産職の俺としては、楽しみに思う。

「装備関連のアプデも面白そうだけど、【ギルドエリア】の交換には、どのくらいクエストチップが必要なんだっけ？」

俺が目的である【ギルドエリア所有権】の交換に必要なクエストチップの数を聞くと、

レティーアが答えてくれる。

「ギルドエリアは、大・中・小の三つのサイズがあって、一番小さいサイズで金チップ25枚、中サイズが50枚、大サイズだと100枚必要なようです」

「複数の小さなギルドエリアを繋《つな》げて少しずつ範囲を広げることもできるけど、大きい方を交換した方がお得らしいよ」

ギルドエリアの小サイズを基準に、中サイズが3倍、大サイズが8倍の広さらしい。

なので、ベルの言うとおり、大きなサイズの物を交換した方が、お得らしい。

「それで、他のプレイヤーたちが協力してくれるって言うけど、俺たちはどれくらい稼ぐ予定なんだ？」

ギルドエリアの入手に大勢のプレイヤーたちが協力を申し出てくれているために、一人一人の負担は分散される。

だが、それでも計画の主宰者である俺たちは、一番多くクエストチップを出すべきだと思う。

「そうね。そうなると、計画の主宰者としては、最低でも半分は稼いでおきたいわよね」

「そうなると、大サイズが金チップ100枚だから、その半分の50枚」

エミリさんとレティーアの呟《つぶや》きで、俺たちの目標は、金チップ50枚になった。

それなら、中サイズの【ギルドエリア所有権】とも交換できるので、いい目標かもしれない。

「なら早速、クエストチップを稼ぐためにもクエスト掲示板を見に行く？」

「掲示板もいいけど、どうせなら新規に実装された復刻ダンジョンでクエストチップを稼ぎに行きたいわね」

目標が定まったところでベルが掲示板にクエストを探しに行くか聞いてくる中、エミリさんは可視化させたメニューを俺たちに見せてくる。

「今回のアップデートで恒常化された五悪魔のダンジョンがあるでしょ？　冬イベントの間に5箇所の内のどれか一つをクリアすると初回クリア報酬としてプレイヤー一人につき金チップ1枚くれるみたいなのよ」

「へぇ、プレイヤーを復刻ダンジョンに誘導するためなのかな？」

エミリさんが表示したメニューの内容を俺も読み、感嘆の声を漏らす。

こうした金チップを報酬として用意することで、復刻されたコンテンツに挑むモチベーションをプレイヤーたちに与えているのだろう。

「私も挑むのはいいと思いますけど、どのダンジョンに挑みます？」

レティーアも復刻ダンジョンに挑むことに賛成している。

「そうね。私たちは雪原のダンジョンに挑んだことがあるし、確かユンくんもどこかのダンジョンを攻略したことがあるのよね」

「うん。俺は、ミュウたちと一緒に、道のダンジョンに挑んだよ」

俺は、当時のことを思い出しながら、答える。

爆速するソリに乗りながら、後方から崩壊する雪道に追われながら戦ったことを思い出し、少し遠い目をする。

エミリさんたちも、シチフクたち【OSO漁業組合】のメンバーたちとパーティーを組み、雪原のダンジョンを攻略していたはずだ。

「そうなると残るダンジョンは――暖炉のダンジョン、巨大樹のダンジョン、墓場のダンジョンの三つが残るけど……『墓場以外で！』……だよね」

墓場のダンジョン……つまりアンデッドが苦手なために俺は、食い気味に拒否する。

そんな俺にエミリさんたちは苦笑しつつ、無理強いはしてこない。

「それじゃあ、暖炉と巨大樹の二択になるけど、どっちに挑む？」

ベルが小首を傾《かし》げながら残ったダンジョンのどちらに挑むか聞いてくるので、俺たちは互いに目を合わせながら考え込む。

「うーん。どっちに挑むって聞かれても、どっちに挑めばいいのか判断が付かないかなあ」

「私としては、巨大樹のダンジョンですね？」

「レティーア。その心は？」

腕を組んで首を捻《ひね》る俺に続き、レティーアが巨大樹のダンジョンを選び、エミリさんがその理由を聞く。

「暖炉のダンジョンって確か、炎熱環境によるスリップダメージがありましたよね。それが面倒そうだなぁと思っただけです」

「レティーの言うとおり、暖炉のダンジョンは、炎熱ダメージがあったね」

火属性の暖炉のダンジョンは、オーソドックスな迷宮型のダンジョンである。

ダンジョン内では、一定周期毎《ごと》に熱波が吹き抜け、プレイヤーにスリップダメージを与えるギミックが用意されていた。

余談であるが、去年の冬イベントの時はプレイヤーの攻略を妨害するために凶悪なトラップが大量配置されていたそうだが、復刻に際して大分マイルドに調整されたらしい。

それに対してエミリさんも去年のことを思い出しながら、別の意見を口にする。

「でも、巨大樹のダンジョンも面倒な要素があったらしいわよ」

「巨大樹のダンジョンの面倒な要素、って何だっけ？」

流石《さすが》に、去年の期間限定ダンジョンのことを詳しく思い出せない俺がエミリさんに聞くと、巨大樹のダンジョンについて教えてくれる。

「巨大樹のダンジョンは、敵ＭＯＢのリスポーンの間隔が速いから、多数の敵ＭＯＢとの連戦や乱戦が強いられたはずよ」

スリップダメージがあるダンジョンか、純粋な戦闘の難易度が高いダンジョンか。

それぞれ復刻される際に、多少の調整はされているだろうが大きくコンセプトが変わることはないだろう。

「うーん。スリップダメージか連戦なら、俺は暖炉のダンジョンかなぁ」

「ユンさん。その心は？」

「スリップダメージはセンスやアイテムで対策できるけど、連戦は流石に対策が難しいからかな」

どっちも面倒な要素ではあるが、【炎熱耐性】のセンスや装備、耐性付与のアイテムなどを使えば、ダンジョンを吹き抜ける熱波は対策できるだろう。

一方、多数の敵ＭＯＢとの連戦は厳しく、多数の敵ＭＯＢを一掃できる純粋な魔法使いが俺たちの中には居ないために不安がある。

それらを考えると、暖炉のダンジョンの方が攻略はしやすいのかなと思った。

「なるほどね。ユンくんの言いたいことは分かったわ。私も暖炉のダンジョンがいいと思うわ」

「なら、私も考え直して、暖炉のダンジョンの方が良《い》いと思います」

エミリさんが俺の意見に賛成し、レティーアも暖炉のダンジョンの方が良いと考え直してくれる。

そして、最後に話を振ったベルに俺たちが視線を向ければ、ベルがはにかんだように笑う。

「私も暖炉のダンジョンでいいと思うな」

「それじゃあ、決まりね。ユンくん、対策アイテムは持ってる？」

「ああ、インベントリに入ってるから大丈夫。ただ、ダンジョンに行く前に、寄りたいところがあるんだけど良いかな？」

暖炉のダンジョンに向かうことで話が纏《まと》まったところで俺が寄り道を希望するので、レティーアとベルが首を傾げている。

「ユンさん、どうしたんですか？　何かありましたか？」

「夏イベントの時に、雑貨屋ＮＰＣや薬屋のオババから受けられる納品クエストで地道にクエストチップを稼いだんだ。だから、今回も頼ろうかと思ってね」

納品クエストの中には、1日に1回までの受注制限がある。

その代わり、納品アイテムの種類が豊富なために複数の納品クエストを達成すれば、そこそこな数のクエストチップを稼げたのだ。

なので、今回もそれを頼りにクエストチップを稼ごうと思い、納品クエストを受けに行ったのだが――

「――はいよ。銅チップ8枚な」

「……えっ?」

渡されたクエストチップがたったの銅チップ8枚で思わず、目が点になる。

「あー、ユンくん? もしかして、冬イベのインフォメーションは確認してなかった?」

固まっている俺に声を掛けたエミリさんが、尋ねてくる。

「イ、インフォメーション?」

俺が震える声で聞き返すと、エミリさんが説明してくれる。

「クエストの報酬調整のアナウンスよ。事前告知もされていたはずよ」

「あれで納品クエストの報酬も絞られたのかよー!」

確かにそんなことが書いてあったが、まさか納品クエストまで報酬が絞られるとは思わず愕然《がくぜん》とする。

前回の夏イベの頃は、一つの納品クエストで銅チップ2、3枚。

複数受ければ、銅チップ20枚以上稼げたのに、現在では、報酬が3分の1程度に減らされていた。

「ユンさん、ドンマイです」

「まぁ、その代わりに納品クエストの1日の受注回数が緩和されたり、別のクエストの報酬は上がったりしているみたいだから、元気出して！」

肩を落とす俺をレティーアとベルが慰めてくれる。

「ありがとう。効率悪いなら、その分、納品クエストの回数を増やした方が良いかなぁ」

納品アイテムとクエストチップの交換レートが変わっただけだ。

納品クエストを見越して集めておいた素材やポーション類は、【アトリエール】にまだたっぷりと保管されている。

ならば、その分、多くのアイテムを納品してクエストチップを交換すればいいだけである。

気を取り直した俺は、エミリさんたちと共に第一の町のポータルから【迷宮街】に転移するのだった。

一章【暖炉のダンジョンと壊力の悪魔】

【迷宮街】に移動した俺たちは、【スターゲート】の列に並ぶ。

【スターゲート】とは、シンボルと呼ばれる固有のアイテムの組み合わせによるエリア生成と復刻されたエリアやダンジョンへ移動する機能を持つ転移オブジェクトだ。

前に並ぶプレイヤーたちが次々とスターゲートを通って、様々なエリアに移動していく中、俺たちの順番が来る。

「それじゃあ、【暖炉のダンジョン】に繋《つな》げるわね」

スターゲートを操作する台座から転移先を選び、スターゲートのリング内部に銀色の水面が現れる。

もう何度もスターゲートを潜《くぐ》り抜けてきたために、銀色の水面に躊躇《ためら》いなく飛び込めば、レンガ作りのダンジョンの入口に出た。

「ここが【暖炉のダンジョン】かぁ。結構暑いなぁ」

レンガ作りの閉鎖空間には熱の逃げ場がなく、炎熱対策なしでダンジョンに入っただけで、見る見るHPが減り始めている。
「熱波が来る前に、対策装備を身に着けましょう」
エミリさんに促された俺は、【炎熱耐性】の追加効果が付与されたマント【夢幻の住人】を羽織り、センス構成も変更する。

所持SP《センス・ポイント》65
【魔弓Lv50】【空の目Lv51】【看破Lv56】【剛力Lv30】【俊足Lv50】【魔道Lv48】【大地属性才能Lv36】【調教師Lv27】【潜伏Lv17】【付加術士《ふかじゅつし》Lv31】【念動Lv22】【炎熱耐性Lv12】
控え
【弓Lv55】【長弓Lv53】【調薬師Lv54】【装飾師Lv18】【錬成Lv32】【料理人Lv30】【泳ぎLv26】【言語学Lv29】【登山Lv21】【生産職の心得Lv43】【身体耐性Lv5】【精神耐性Lv15】【急所の心得Lv20】【先制の心得Lv21】【釣りLv10】【栽培Lv27】【寒冷耐性Lv4】

貴重なセンスの装備枠にも【炎熱耐性】のセンスを身に着け、センスと装備の相乗効果でダンジョンの炎熱ダメージを大分緩和できた。

「エミリさんは、暑さ対策は大丈夫そう？」

「スリップダメージは受けているけど、ＨＰの自然回復と相殺《そうさい》して大丈夫みたい。レティーアとベルはどう？」

【炎熱耐性】付きの腕輪を身に着けたエミリさんは平気そうであり、レティーアとベルに振り返って尋ねる。

「私は装備による対策はありません。ですけど、サッちゃん――《召喚》！」

成獣状態で召喚された氷属性のコールド・ダックのサツキは、体から冷気を振りまいている。

そんなひんやりと冷たい、ふわふわモチモチの巨大な純白のアヒルにレティーアが抱き付く。

「サッちゃんの体がひんやり涼しいので暑さにも平気です」

『グワッ』

どうだとばかりに、ドヤ顔するレティーアと自慢するように胸を張る巨大なアヒル。

「私の方は、ちゃんと対策装備があるから平気だよ～」

そして、ついでとばかりにベルも自分は平気であるとアピールしてくる。

「それじゃあ、ダンジョン攻略に必要な消費アイテムを配るけど、暑さが平気そうなら【炎熱耐性】付与の飲み物は無くてもいいよな」

「嘘《うそ》です。実はめっちゃ暑いです。美味《おい》しい飲み物ください」

サラッと掌《てのひら》を返すレティーアにジト目を向ける俺だが、レティーアの期待の籠もった視線に負けた。

ダンジョン攻略に必要な消費アイテムである各種ポーションや【完全蘇生《そせい》薬】などを10本ずつ渡す。

だが、レティーアはそれらよりも、【炎熱耐性】を付与する【キャメルミルクのコーヒー牛乳】に目を輝かせている。

「おおっ、コーヒー牛乳。それもキンキンに冷えていますね。それでは、頂きます」

レティーアは、腰に手を当ててキュゥウッと一気に飲み干し、嘴《くちばし》で器用に瓶を咥《くわ》えたコールド・ダックのサツキもゴクゴクとコーヒー牛乳を飲んでいる。

そんな姿に苦笑を浮かべるエミリさんやベルたちにも、ポーションや完全蘇生薬、炎熱耐性付与の飲み物を配っていく。

「流石、ユンくんね。ありがたく後で頂くわ」

「私も探索中に、喉が渇いたら飲ませてもらうね」

どうやら、耐性付与のアイテムを使い【炎熱耐性】を高めても【暖炉のダンジョン】の炎熱ダメージを完全にゼロにはできないようだ。

そうして、なんだかんだでダンジョン入口で準備をしていると、ダンジョンの奥からゴォォォッと重低音が響いてくる。

「暑っ⁉　これって、熱波か！」

ダンジョン奥から吹き抜けてくる熱波を浴びて、3秒で1％の勢いでHPが減っていく。

吹き抜ける熱波を耐えていれば30秒程度で止《や》み、その間のスリップダメージもHP全体で見れば1割程度のダメージであった。

「ふう、熱波が止んだか。でも、耐えられないほどじゃないかな？」

だが、【炎熱耐性】が無ければ、熱波によるスリップダメージが更に跳ね上がってHPを一気に奪われる。

そのことを考えると、中々に侮《あなど》れないダンジョンである。

「みんな、熱波は耐えられそう？」

「サッちゃんに守ってもらったので平気です」

冷気を放つサツキが熱波からレティーアを守るために翼の内側に抱えていたようだ。

「私もへーき。ああ、冷たくて癒やされる」

そして、熱波のどさくさに紛れてベルがサツキの体に抱き付いている。

「……そう。それじゃあ、行きましょうか」

そして、エミリさんは、レティーアとベルの姿を見ても軽く流し、【暖炉のダンジョン】を進んで行く。

ダンジョン内は、オーソドックスな迷宮型ダンジョンであり、コールド・ダックのサツキを連れても十分な広さがある。

そうしてダンジョンのボス部屋を目指して進んで行くと、奥から敵ＭＯＢが現れる。

「ゴブリンやオークがサンタ帽を被《かぶ》ってる」

「なんだか、楽しそうですね」

通路の奥から現れたのは、赤いサンタ帽を被ったゴブリンとオークのグループであった。

このダンジョン自体が、サンタクロースから盗まれた真っ赤なサンタ帽を中核として作られた設定になっている。

そのために、出現する敵ＭＯＢは、全てクリスマス仕様となっているのだ。

「新規に敵ＭＯＢをモデリングするよりも既存の敵ＭＯＢのデータを流用した方がコストが掛からないわよね」

「凄《すご》く納得の理由だな」

エミリさんのメタい発言に、俺たちは苦笑を浮かべる。

「ちなみに、敵MOBのステータスもダンジョンの難易度に合わせて強化されているらしいわよ」

「そりゃ、気合いを入れ直さないと！」

続くエミリさんの補足説明に、ベルは、ポフポフと肉球グローブの拳をもう片方の掌に叩《たた》き付《つ》けて気合いを入れている。

そうして、こちらが発見した敵MOBの集団が俺たちに気付く前に、後衛の俺とレティーアが先制攻撃を行なう。

俺の弓から放たれた矢がゴブリンに、レティーアとコールド・ダックのサツキから放たれた魔法がオークに当たり、HPを大きく減らす。

「さぁ、私たちも行くわよ」

「レティーとユンさんに負けないように頑張るよ！」

そして、俺たちの遠距離攻撃の後、エミリさんとベルが飛び出して敵MOBにトドメを刺していく。

二人の攻撃を受けた敵MOBたちは、光の粒子を零《こぼ》しながら倒れていく。

「えっと、ドロップは……ベースとなった敵MOBの素材が3個」

「亜種の敵ＭＯＢに新規アイテムを設定するのは大変でしょ？　まぁ、強い分、アイテムのドロップ数が多かったり、レアドロップの確率が若干高く設定されているはずよ」

俺が敵ＭＯＢからのドロップアイテムを確認して落胆していると、戻ってきたエミリさんがそう説明してくれる。

「敵ＭＯＢが強い分ドロップアイテムの数も多いなら、素材の納品クエストを達成するには良《い》いんじゃないですか？」

「それは時と場合によりけりかなぁ。このダンジョンに出てくるＭＯＢの種類がバラけているから、逆に目当ての素材だけを集めるには向かないかも」

レティーアの考えにベルは、そう意見を返す。

この【暖炉のダンジョン】は、亜人系や人型ＭＯＢの亜種が中心にランダムで出現するらしいが、ベルの言うとおり狙った素材だけを集めるのは難しい。

ダンジョンだけで素材を集めると言うより攻略中に広く浅く集まった素材で足りない分は、狙いのＭＯＢが出現するエリアで集める、という事を運営が想定しているのかもしれない。

そんな事を話しながらダンジョンを最短距離で進もうとするが、様々な要素で妨害してくる。

その一つとして、ダンジョンに出現する色んな種類の敵MOBたちがいる。

本来なら同時に出現しない敵MOBたちが様々な組み合わせで現れ、互いのスキルや特性を使って襲ってくる。

特に亜人系や人型MOBたちは、様々なスキルをランダムで持っており、一見しただけでどんなスキル持ちか判別できない。

そのために、パターン化して倒すのも難しく、一戦一戦に若干のアドリブ力が求められる。

中には、敵MOB同士の相性が上手《うま》く噛《か》み合って、思わぬ苦戦を強いられることもある。

『ギャギャッ！』

『フゴフゴッ！』

『――ワォォォォン！』

耳障《みみざわ》りな声を響かせるゴブリンとオーク、狼《おおかみ》のような遠吠《とおぼ》えをする人狼《じんろう》・ワーウルフが現れた。

「ゴブリンは杖《つえ》持ち！　オークは剣と盾持ち！　ワーウルフが突っ込んでくるぞ！」

【空の目】で視認した赤いサンタ帽を被った敵MOBたちに気が抜けそうになるが、通常の敵MOBよりも強化されている亜種には違いない。

『――ギャギャッ！』

『――ブヒィィィイイッ！』

ゴブリンがワーウルフに杖を掲げ、オークが咆哮《ほうこう》を上げると、ワーウルフの足下から見覚えのある赤と黄色の光が立ち上がる。

「あれは――エンチャント!?」

「それに、オーク・チーフの鼓舞ね！」

杖持ちゴブリンのエンチャントとオーク・チーフの亜種の鼓舞を受けたワーウルフは、鋭い鉤爪《かぎづめ》を伸ばして、こちらに駆けてくる。

「《空間付加《ゾーン・エンチャント》》――アタック、ディフェンス、スピード！　――《ストーン・ウォール》！」

俺は、エミリさんたちに三重エンチャントを掛けると共に、ワーウルフの足止めをしようと石壁を生み出す。

だが、ワーウルフは、自身の爪を引っかけるようにして石壁を跳び越えて、こちらに飛び込んで来る。

「させないわよ。――《クラッキング》！」

「空中に飛び上がったら回避はできないよね！　――《閃刃撃《せんじんげき》》！」

エミリさんが飛び込んで来たワーウルフの体に鞭《むち》のようにしなる連接剣を叩き込み、空中でバランスを崩したところでベルも飛び上がってバールで殴り付けていく。

その打撃の衝撃で吹き飛ばされたワーウルフは、妨害のために作った石壁を突き破って通路の奥に転がっていくが、すぐに受け身を取って起き上がってくる。

「……硬いわね」

「倒すつもりだったけど、HPの半分しか削れなかった!」

強化されたワーウルフのHPは5割を切っていたが、ゴブリンが杖を振るうと、ワーウルフのHPが8割まで回復していく。

「ゴブリンは、回復持ちか! なら、そっちを先に倒す! ——《弓技《きゅうぎ》・一矢縫《いっしぬ》い》!」

俺は、杖持ちゴブリンを狙って矢を放つが、ゴブリンを庇《かば》うようにオーク・チーフの亜種が盾で受け止める。

アーツの矢とオークの盾が一瞬拮抗《きっこう》した後にオークの盾を貫くが、オークの分厚い脂肪に阻《はば》まれて倒すには至らなかった。

「チッ、オークを倒し切れなかったか。なら、数で押す! ——《魔弓技・幻影の——なっ⁉」

俺が次のアーツを放とうとした瞬間、エミリさんとベルと対峙《たいじ》していたワーウルフが壁を蹴って三角跳びの要領で後衛の俺に迫ってきた。

ダメージを与えてワーウルフからヘイトを稼いだエミリさんとベルではなく、俺を優先したことに驚き、アーツの発動を中断して回避しようとする。

だが、バフを受けた強化ワーウルフは俺の予想より早くに迫り、大口を開けた牙が迫ってくる。

「させませんよ。アキ――《簡易召喚》！　――《ファイアー・ボール》！」

迫るワーウルフとの間に現れたアキの幻影が無数の火球を放ち、それを避《よ》けるように大きく飛び退《の》く。

そうして稼いだ時間でレティーアは、コールド・ダックのサツキに大技を命じる。

「サッちゃん――《ブリザード・ストーム》！」

『グワグワグワッ――！』

コールド・ダックのサツキが大きく羽ばたき、騒がしい鳴き声と共に冷気がダンジョンの通路を駆け抜ける。

狭い通路に満ちる熱気を冷気で塗りつぶし、空中に生み出した無数の氷の礫《つぶて》を散弾のように放ち、強化ワーウルフや杖持ちゴブリン、オークチーフの亜種に浴びせていく。

強化ワーウルフは、氷の散弾と冷たい突風のノックバックを交差させた両腕で受けて耐えるが、杖持ちゴブリンとダメージを受けていたオーク・チーフは耐えきれずに倒れて光の粒子となって消える。

オークチーフが倒れたことで鼓舞のバフは消えたが、ワーウルフに掛かったエンチャントのバフ効果は継続している。

「これ以上は暴れさせない！《呪加《カースド》》――アタック、スピード！」

サツキの突風で動きが止まったワーウルフにカースドを掛けることで、エンチャントのバフを相殺《そうさい》する。

全てのバフを失って一瞬情けない表情を見せたワーウルフは、エミリさんとベルによって呆気《あっけ》なく倒されることとなる。

「ふぅ、ダメージは受けなかったけど厄介だったわね」

戦闘が終わり、長い息を吐き出すエミリさんに俺とベルも先程のワーウルフたちについて話し合う。

「まさか、俺の使うエンチャントや回復魔法を使う敵が現れるなんて……」

「それに、敵ＭＯＢのＡＩも強化されていたね。バッファーの杖持ちゴブリンを守ったり、ヘイトを与えた私たちよりも杖持ちゴブリンを狙ったユンさんを優先してたし」

「後衛に敵ＭＯＢが流れないように私やベルに挑発系スキルがあった方が良いかしら？」

そうして先程の戦闘を基《もと》に、次に似たような敵が現れた場合の対策などを俺たちは話しながら進む。

そんな中、俺たちの話に加わろうとしない、静かなレティーアに気付いて振り返る。

「レティーア。どうしたんだ？」

「いえ、そろそろ、お腹空《なか》いてきたなぁ、と思いまして……」

そう言って、早速食べ物を要求してくるレティーアに俺たちは、自然と笑みが零れる。

こんな暑苦しいダンジョンではいつも通りの集中力を維持して攻略を続けるのは難しい。

そうした意味では、レティーアの一言は、小まめな休憩を取るには良い目安になる。

「それなら、どこかの小部屋に入って一休みしましょう」

「……はい！」

エミリさんの言葉にレティーアが元気に頷《うなず》き、俺たちは、近くの小部屋で休憩する。

そうして俺たちは、休憩を終えた後にダンジョン攻略を再開する。

他のプレイヤーたちから見れば遅い攻略ではあるが、それでも小さなミスをする前に集中力を維持しつつダンジョンを進んで行くのだった。

幾度も吹き抜ける熱波に削られるHPをポーションやレティーアの回復魔法で回復しながら、ダンジョンのボス部屋前までやってきた。

「はぁはぁ……地味にしんどかったわね」

「精神的にキツいダンジョンだったな」

ボス部屋前の通路で最後の休憩を取る俺たちは、ひんやり冷たい冷気を放つコールド・ダックのサツキの体に寄り掛かって癒やされていた。

暑さと気の抜けない敵MOBたち。そして何より、地味な各種トラップ群がこちらの攻略を妨害してくるのだ。

似たような景色が続くダンジョン内で、回転床の罠《わな》に気付かずに通り過ぎれば、間違った方向に進んでしまう緊張感。

最短距離で下の階層に向かう通路には、一方通行床や迫《せ》り上がる壁の通行止めで、回り道を強制される。

他にも様々なトラップが熱気と敵MOBとのエンカウントと複合的に合わさり、精神的なプレッシャーを与えてくる。

「ここまで大変でしたけど、ダンジョン自体が短くて助かりました」

「これで10階層まで攻略しろ、とかだったら、絶対に途中で投げていたよね！」

【暖炉のダンジョン】は、熱波のスリップダメージの関係からか全3階層と小さめに構成されている。

だが、その分、密度が濃く感じた。

そんなことを口にするレティーアとベルの言葉に、俺とエミリさんも同意するように深く頷く。

そうしたボス部屋前の休憩で万全な状態になった俺たちは、【炎熱耐性】を付与する【キャメルミルクのコーヒー牛乳】を一緒に飲み干して立ち上がる。

「よし。ボス部屋に入る前に全員にエンチャントを掛けるな」

「ええ、ユンくん、お願いね」

「《空間付加《ゾーン・エンチャント》》――アタック、ディフェンス、マインド！ 《属性付加《エレメント・エンチャント》》――ウェポン、アーマー！」

俺とエミリさん、ベルには、ＡＴＫ、ＤＥＦ、ＭＩＮＤと、武器にボスの弱点を突く水属性のエンチャントを。

レティーアには、DEF、INT、MINDと、防具に火属性耐性のエンチャントを掛けていく。

「それでは、クエストチップを貰《もら》いに行きましょう」

「ダンジョンでの鬱憤を晴らすよ！」

レティーアとベルもやる気に満ちた目をしており、共にボス部屋の扉を開けて中へと足を踏み入れる。

『フハハハッ、ここまで良く来たな、人間共よ――』

広い円形の部屋の奥には、このダンジョンのボス――【壊力の悪魔】が待ち構えていた。

獅子《しし》のような相貌を持ち、捻《ねじ》れた角と鬣《たてがみ》のような真っ赤な長髪を靡《なび》かせ、背中には黒い翼を持つ体長3メートルほどの獅子頭の悪魔であった。

人の胴体ほどの太さがある筋肉質な腕回りと瞬発力のありそうな獣の足を持ち、なにより目を引くのは、左肩に担《かつ》いだ真っ赤に燃える大剣である。

クリスマス要素は、どこ？　とも思うが、唯一、自身が発する熱風で靡く赤い長髪とその髪の先端を纏《まと》めている白いヘアカフスのシルエットが、サンタ帽っぽいだけである。

『さぁ、死合おうではないか！』

牙を剝《む》く【壊力の悪魔】が威圧と共に吠《ほ》えるのを皮切りに、戦闘が始まる。

【壊力の悪魔】は、獣の脚力と黒い翼の羽ばたきによる瞬発力で一気に距離を詰めてくる。

そして、突進する勢いのまま獣染《けものじ》みた動きで燃える大剣を振り回し、大剣の炎を方々に飛ばしてくる。

「みんな、散開！」

エミリさんの合図で俺たちは、【壊力の悪魔】から距離を取りながら、飛んでくる炎を避ける。

その中で前衛のベルだけは、身を低くしてボスの懐《ふところ》に飛び込んでいく。

至近距離での大剣の振り回しを避けながら、隙を突くようにバールの打撃を一発、一発と叩《たた》き込み、ボスの狙いを引きつける。

だが、直接当たらずともボスの振るう炎の大剣の熱気が、ベルのＨＰをジリジリと削っていく。

「回復します！　――《メガ・ヒール》《リジェネレーション》！」

レティーアがベルに回復魔法とＨＰの自動回復魔法の二種類を掛けて、ＨＰの減少を食い止める。

「私たちも行くわよ！　――《クラッキング》！」

「――《剛弓技・山崩し》！」

「ナツ、フユ、ヤヨイ――《召喚》！」

俺とエミリさん、レティーアもベルに続き、互いの距離からボスに攻撃を放つ。

俺は遠距離から強力な弓の一撃を放ち、エミリさんは中距離からしなる連接剣を激しく叩き付ける。

レティーアは、追加召喚したミルバードのナツと風妖精のヤヨイをコールド・ダックのサツキと共に遠距離から攻撃させ、フェアリー・パンサーのフユを前衛に送り出す。

人型ボスである【壊力の悪魔】の死角に回り込むフユは、ヒット&アウェイ戦法で爪で引っ掻《か》いていく。

ベルがボスを引きつけてくれるお陰で俺たちが自由に攻撃を加えられるが、思ったよりダメージの通りが悪い。

「ちょっと⁉　なんか想像以上に硬いんだけど！　この敵って一年前のボス⁉」

バールの手応えの鈍さに思わず声を上げるベルの言葉に、エミリさんが答える。

「去年の実装時は、イベントクエストの消化率に応じて弱体化されていたわ！　今はそれが無い状態よ！」

去年の冬イベントのことをすっかり忘れていたが、そう言えば、そんな要素があったかも、などとうろ覚えだが思い出す。

俺たちも去年よりも強くなったが、五悪魔のボスも弱体化されていないとなると、厳しい戦いになるだろう。

「やばっ！　クッ――」

ボスの攻撃を引きつけて回避するベルは随所で反撃を加えていくが、遂《つい》に回避しきれずに、大剣の一撃をバールで受け止める。

獅子頭の悪魔のATKの方が高く力負けして弾《はじ》き飛《と》ばされるベルだが、HPを1割残してギリギリ耐えている。

「ベル！　――《メガ・ヒール》！」

「私が代わりに壁役に入る！　行きなさい、キメラたち――《召喚》！」

エミリさんは、インベントリから無数の核石《かくいし》をばらまき、種類の異なる合成MOBたちを同時に召喚する。

「さぁ、ボスの動きを食い止めなさい！」

『『『――――ッ！』』』

それぞれ異なる咆哮《ほうこう》を上げる合成MOBたちが【壊力の悪魔】に襲い掛かる。

獣型は手足に食らいつき、触手持ちは胴体に巻き付いて締め上げ、人型は殴りかかる。

使い捨ての合成MOBたちが殺到したことで、ボスの身動きが一瞬止まる。

だが、自慢の腕力で強引に振り払った【壊力の悪魔】は、合成ＭＯＢたちを大剣で切り捨てていく。

倒れた際に、光の粒子となって消えていくのが物悲しいが、合成ＭＯＢたちは与えられた役割をきっちりとこなしてくれた。

「ごめん、お待たせ！　はぁぁぁっ！」

吹き飛ばされてダメージを負っていたベルも、レティーアの回復魔法で全快する。

前衛に復帰してすぐに、ボスに攻撃してターゲットを奪い返している。

エミリさんとベルが協力してボスを引き付けているが、振るわれる攻撃の余波で放たれた無数の火球が後衛の俺たちに迫る。

「ユンさん、こっちです！　みんな、炎を相殺《そうさい》して！」

レティーアに呼ばれた俺は、炎を防いでいるナツやヤヨイ、サツキたちの後ろに回り込む。

防御に専念してくれるレティーアの傍《そば》に駆け寄った俺は、安心して攻撃に集中する。

「――《剛弓技・山崩し》！」

俺の放った強烈な矢を胸に受けたボスは、矢が刺さった衝撃で蹌踉《よろ》けるが、ＨＰはそれほど減っていない。

「物理防御が高いからこのアーツだとダメージの通りが悪いか。なら――《魔弓技《まきゅうぎ》・幻影《げんえい》の矢《や》》！」

次に放った矢は赤い尾を引き、そこから5本の魔法の矢に分かれて、【壊力の悪魔】の体の各所に突き刺さっていく。

『GUOOOOOO――』

「よし！　魔法寄りの攻撃の方がダメージの通りが良《い》い！」

通りのいい攻撃を見つけ、次々と放たれる魔法の矢を受けたボスは、苦悶《くもん》の声を上げる。

そして――

「――《閃刃撃》！　硬いなぁ！　もう一発――《激・強打撃》！」

回避しながらボスからのターゲットを引きつけているベルが、ここぞとばかりにバールを全力で振り抜いている。

左から振り抜いたバールがボスの腹部を殴打《おうだ》し、今度は右から切り返して続けて脇腹にめり込む。

様々な攻撃を受けたボスのHPが8割まで減っており、ベルの打撃の連打で一定のダメージを蓄積させた結果――膝から崩れ落ちるようにダウンする。

「みんな、今よ！　全員、総攻撃！」

中衛で連接剣を鞭《むち》のように振るっていたエミリさんも、武器の形状を剣に戻して、ボスに直接斬り掛かっていく。

「ナツ、ヤヨイ、サッちゃんは、全力攻撃！」

レティーアも後衛の使役MOBたちに素早く攻撃の指示を飛ばす。

今まで遊撃として攻撃していたフユは、一撃離脱の戦法から背中から飛び掛かり、首筋に牙を突き立てて噛《か》み付く。

「はぁ――《楔打《くさび》ち》！　もっと大技なら――《竜砕撃》！」

ベルは、更にバールによる殴打の回転率を上げる。

時折、見知らぬ打撃系のアーツを織り交ぜて、ガリガリとボスのHPを削っていく。

勢い付いて攻撃する間にも、ボスから放たれる熱気が前衛たちのHPをジリジリと減らしていくが、それもレティーアが回復魔法で癒やしていく。

『舐《な》めるなよ、人間共がぁぁぁっ――！』

そして、ダウンから復帰する【壊力の悪魔】は、熱波と衝撃波を放ち、前衛たちをノックバックさせる。

「フユ――《送還》！」

レティーアは、大きく吹き飛ばされてダメージを負ったフユを守るために召喚石に戻して休ませる。

そうした中で、ダウンから復帰した【壊力の悪魔】がベルに大剣を差し向ける。

復帰時の衝撃波で体勢を崩したベルは、ボスの攻撃に反応しきれず、大剣の斬撃を受けてHPを全て失う。

「ユンくんはベルの蘇生《そせい》後にバフの掛け直しをお願い！　またキメラたちで時間稼ぎするわ。――《召喚》！」

「了解。《付加《エンチャント》》――アタック、ディフェンス、スピード！　《属性付加《エレメント・エンチャント》》――ウェポン！」

事前に渡していた【完全蘇生薬】によって起き上がったベルの背中に、エンチャントを掛け直し、再びボスと対峙《たいじ》させる。

すぐに状態を立て直して戦闘を続行させるが、目まぐるしく戦況が切り替わる。

ベルは何度も斬撃を回避し損ねて倒れ、プレイヤーと同じ方法では回復しないエミリさんの合成MOBたちが次々と倒されていく中、ボスのHPが5割を切る。

『もっとだ！　もっと俺に闘争をぉぉぉぉっ！』

「これが、第二段階……」

獅子頭の悪魔が吠えると共に、体から激しい炎を吹き上げ、第二段階に入っていく。

ボス部屋に広がる熱気が更に強さを増し、ダンジョンに吹き抜けていた熱波と同等のスリップダメージを常に与えてくる。

振るう大剣の余波で生まれる炎の密度も増し、背中の翼の羽ばたきで大きく飛び上がったり、獣の脚力と翼の羽ばたきで生み出した勢いから振り下ろした大剣がレンガの床を叩き、周囲に衝撃波を広げる。

戦闘で振り乱れる鬣のような赤い長髪からも更に多くの火球を放ち、前衛では激闘と余波の炎、後衛は激しい弾幕ゲーの様相と化してきた。

「くそ！　弓矢での攻撃が炎の相殺にしか間に合わない。――《ゾーン・エクスプロージョン》！」

「激しいから攻撃に加わるのも大変です――《エアロ・カノン》！」

空中で火球を攻撃すれば、その場で小さな爆発を起こして消える。

俺もレティーアと使役ＭＯＢたちと共に防御に専念し、火球の弾幕を相殺する。

そうして生まれた隙間を縫うように遠距離からの攻撃や【空の目】と土魔法を組み合わせた座標爆破でボスに散発的なダメージを与えていく。

「はぁはぁ、てりゃぁっ！」

前衛では、攻撃のパターンは第一段階と同じであるが、更に激しさが増したことで攻撃の隙が減った。

アーツの硬直時間すら致命的な遅れになるために、少ない隙に通常の攻撃を丁寧に当てて行く。

だが、攻撃が激化したためにベルが倒れる回数が一気に増え、エンチャントの掛け直しも間に合わずに素のステータスのまま対峙している。

エミリさんも足止めと時間稼ぎで呼び出していた合成ＭＯＢたちの手持ちが遂に底を突き、ボスの大剣の一撃を受けてやられてしまう。

前衛のエミリさんとベルが同時に倒れた僅かな時間、ボスのヘイトが後衛の俺とレティーアに向くことになる。

「ユンさん、足止めをお願いします！」

「分かった。――《ストーン・ウォール》《マッドプール》《ベア・トラップ》！」

即座に、ボスの直進上に土魔法スキルで石壁を生み出し、その裏に泥沼とトラバサミの足止めを設置する。

大剣で石壁を叩《たた》き壊したボスは、石壁の残骸を踏み越えてこちらに来る。

だが、石壁の裏側に設置した泥沼に深く足を踏み入れ、その中に忍ばせたトラバサミに足首を挟まれて動きが止まる。

「行きますよ！　ムツキ、お願い――《簡易召喚》！」

『――パオォォォォォォン！』

一時的に使役ＭＯＢの力を借りる《簡易召喚》スキルによって、ガネーシャのムツキが半透明の姿で現れる。

半透明の巨象のムツキは、その巨体で走り出し、振り抜いた前脚が【壊力の悪魔】の体を壁際《かべぎわ》まで蹴り飛ばす。

そうして壁際まで吹き飛ばした獅子頭《ししがしら》の悪魔に、レティーアの使役ＭＯＢたちが遠距離攻撃で追い打ちを掛けていく。

ミルバードのナツと風妖精のヤヨイの風が熱気を掻《か》き回し、コールド・ダックのサツキの氷が蒸気となって辺りに立ち込める。

「はぁはぁ……ボスはどうなったの？　そろそろＨＰ的に限界のはずだけど……」

ボスによって倒されていたエミリさんとベルも蘇生薬で復活し、こちらに合流してくる。

そして、立ち込めていた蒸気が晴れた先には、ＨＰがゼロになっても立ち続ける【壊力の悪魔】が居た。

『認めぬ、この俺が負けることは認められぬ！　この身が朽ちようとも、貴様らだけは道連れだぁぁぁっ！』

消失していたHPバーが全快状態まで戻ると共に、ボスの全身から激しい炎が吹き上がる。

そして、ボス部屋の中央まで戻ってきた【壊力の悪魔】は膝を突き、不気味な沈黙を放っている。

●

全身が炎に包まれ、己の命を燃やし始める獅子頭の悪魔の頭上には、タイマーのカウントが現れる。

――残り時間3分。から始まるタイマーを見つめる俺は、ボス部屋に突入する前の休憩で、エミリさんから受けたボスの説明を思い出していた。

…………

……

…

『――ボスのHPがゼロになると、一気に全回復して、第三段階に突入するわ』

『うへぇ、またHPを減らさないといけないのか？』

『第三段階は、そこまで長期戦にはならないはずよ』

エミリさんが言うには、第三段階のボスは、攻撃行動を一切取らなくなるそうだ。

『ボスは、一切の攻撃行動を放棄する代わりに、強制敗北技を打ってくるのよ』

『強制敗北技、ってなにそれ。怖いんだけど……』

ボスが第三段階に入って猶予時間の３分が経過した後、自らのＨＰを１残す代わりにボス部屋を埋め尽くす即死級の大爆発をしてくるそうだ。

その時に、パーティー全員が死亡状態だと、強制敗北させられるらしい。

ちなみに余談であるが、去年の冬イベの時は、ダンジョン入場時から一度でも死亡するとこのダンジョン固有のデバフがプレイヤーに付けられた。

そして、ダンジョンにいるパーティー全員にそのデバフが付くと、先程言った強制敗北技が使われたそうだ。

なので、そうした部分で、復刻された【暖炉のダンジョン】は、大分優しく調整されているのだろう。

『だから、相手が爆発する前に、ボスのＨＰを削り切るか、防御を固めてボスの爆発を耐えたり、何らかの手段で爆破を回避して生き残れば、勝ちよ』

そんなエミリさんの説明を聞いたベルが質問を投げ掛ける。

『流石《さすが》に、3分ぽっちでボスのHPをもう一度削り切るのって無理じゃない？』

『第三段階のボスは防御力が激減しているから、HPを削るのは容易らしいわ』

エミリさんの説明を聞いた俺は、【暖炉のダンジョン】のボスのコンセプトを理解する。

【壊力の悪魔】の最後では、ボスを制限時間内に倒せるだけの瞬間火力が求められるようだ。

『わかった。それで三段階目の作戦は？』

『三段階目での作戦は――』

…………

……

そんなエミリさんの説明を思い出す俺は、武器を切り替える。

「作戦は――攻撃し続けるだけ！」

ボス戦前の話し合った作戦でここからは、いかに制限時間までにボスを倒し切れるかの勝負である。

【黒乙女《くろおとめ》の長弓《ながゆみ》】から魔改造武器である【ヴォルフ司令官の長弓】に武器を切り替えた俺は、インベントリから取り出した隕星鋼《いんせいこう》製の矢を弓に番《つが》える。

「――《魔弓技・幻影の矢》！」

先程も放ったアーツだが、今度は赤い尾から分裂した魔法の矢が15本に増えている。

「まだまだ――《魔弓技・幻影の矢》！」

更に、間を置かずに魔改造武器の追加効果【二重戦技】によって、同一のアーツを連続して放ち、本体の矢2本と30本の魔法の矢による弾幕がボス部屋を駆け抜ける。

『――GUOOOOOOOO！』

膝を突き、自らの自爆の時まで耐え続けるボスの体に次々と魔法の矢が突き刺さっていく。

魔法の矢の弾幕による連鎖《チェーン》ダメージが加速していき、気持ちいい程にボスのHPが減っていく。

全ての魔法の矢が撃ち終わり、アーツ発動後の硬直で追撃に移れない俺だが――

「爆《は》ぜろ！　――【エクスプロージョン】！」

ボスに放った隕星鋼の矢には、事前に【技能付加《スキル・エンチャント》】で攻撃魔法をエンチャントしていた。

連鎖《チェーン》ダメージのコンボが途切れる前に2本の矢に籠めた魔法を起動し、爆発を引き起こし、残りHPが8割まで減る。

――残り時間、2分30秒。

「もっとHPが削れるかと思ったけど……ダメか！」

「次は私たちが行くわ！」

「倒すつもりでガンガン攻めていくよ！」

俺の瞬間的な大火力に続くように、エミリさんとベルが前に出て攻めていく。

「はぁ――《シャーク・バイト》！」

エミリさんの振るった連接剣の刃《やいば》がボスの体に巻き付き、サメの牙のように食らい付く。

そして、連接剣を引いて刃を戻すと、巻き付いた小さな刃がノコギリのように食い込み、嚙《か》み千切るように体を傷つけていく。

後衛では、レティーアやレティーアたちの使役MOBたちも防御を捨てて攻撃に回っている。

「アーツの単発ダメージよりも連続攻撃でHPを削っていくよ！」

ボスの真っ正面に立つベルは、全力スイングでバールを叩き込んでいく。

右、左、右、左と全身を使ったバールの連続殴打《おうだ》をボスの体に叩き込み、短い間に目に見えてHPを減らしていく。

――残り時間、1分40秒。

残りＨＰが６割を切ったところで、このままのペースだと間に合わないと感じたベルは、バールによる連打から強力なアーツの発動態勢に入る。

「はぁぁっ！　――《竜砕撃》！」

盛大に振り抜かれたバールの一撃がボスの体を揺らし、大ダメージを与える。

――残り時間、１分30秒。

「ダメージが足りてない」

残り時間が半分を切った段階で、ＨＰはまだ５割までしか削れていない。

４人パーティーでの火力不足を感じる中、エミリさんは事前に決めていた作戦通りに指示を出す。

「こうなったら、プランＢよ！　ユンくん！」

「了解！　――《ゾーン・ストーン・ウォール》！」

スキルの硬直が解けた俺は、２回目の魔法の矢による弾幕ではなく、無数の石壁を周囲に生み出していく。

ボスの第三段階での作戦は、プランＡが全力攻撃で倒すのを目指すことなら、プランＢは大爆発をやり過ごすことである。

そして、乱立する石壁の陰に隠れた俺は、ＭＰポットを飲んでＭＰを回復し、自らの役目の時を待つ。

――残り時間、1分。

「全員、こっちに退避！」

「みんな撤退の時間ですよ。――《送還》！」

みんなが俺の周りに集まるように声を掛ければ、レティーアは呼び出している使役MOBたちを次々に召喚石に戻して、俺の傍《そば》に寄ってくる。

「ぐぬぬぬっ、倒し切れない！」

「ほら、ベルも早く戻りなさい！」

そして、ギリギリまでボスを倒すことを粘るベルだが、残りHPが3割を切ったところで倒すことを諦めてエミリさんに連れられてくる。

――残り時間、20秒。

ボスの頭上のタイマーが爆発まで残り僅かしかないことを示す。

残り時間10秒を切ったところで、俺は、大爆発をやり過ごすスキルを発動する。

「全員、手を繋《つな》いで。行くぞ――《シャドウ・ダイブ》！」

俺は、【潜伏】スキルを使い、エミリさんたちと共に石壁の裏にできた影の中に潜り込む。

この《シャドウ・ダイブ》はスキル使用者に接触している限り、別のプレイヤーも一緒に影の中に入り込めるのだ。

そして、影の外側では大爆発が起こり、次々と俺の生み出した石壁が壊されていき、影の範囲がドンドンと狭くなっていく。

「むぎゅ……せ、狭いです……」

「もうちょっとだから、我慢しましょう」

レティーアは狭い影の中で少しでもスペースを確保するために繋いでいた俺の腕にしがみつき、エミリさんも俺と密着してくる。

「倒し切れなくて悔しいなぁ！」

ベルに至っては、こんな場所でもまだボスを倒し切れなかったことを悔しがっている。

俺としては、気恥ずかしさから早く終わってくれと願いながら俯《うつむ》く。

そして、その願いは早くも叶《かな》いそうで……

「……もう無理、限界！」

《シャドウ・ダイブ》は、影の中に潜伏している間はＭＰを常時消費し、別のプレイヤーも一緒に入り込むとその分だけ、ＭＰ消費量が激しくなる。

そのため、長いようで短い影の中での潜伏は、ＭＰ切れによる強制解除という形で全員が押し出される。

「プハッ……爆発は、もう収まっているのか」

無数の石壁を壊した爆発は止まっており、残ったボロボロの石壁の裏から覗《のぞ》くと自爆によって真っ白に燃え尽きたボスがいた。

残りHP1のボス【壊力の悪魔】に向かってベルがスタスタと歩いていき、バールを振り上げる。

「えい！」

気の抜けた掛け声と共に、力の籠もっていない振り下ろしを受けた【壊力の悪魔】は、光の粒子となって消え、このダンジョンを攻略した。

――復刻ダンジョンの初回クリア報酬として、金のクエストチップ1枚が授与されました。

「あっ、クエストチップが貰《もら》えました」

この【暖炉のダンジョン】をクリアしたことで、プレイヤー全員に1枚ずつ金チップが配られたようだ。

そんな【壊力の悪魔】との戦いを終えて勝利した余韻に浸っていた俺たちだが、唯一、さっきの戦いに不満がある人がいた。

「悔しい～！　最後に時間以内に倒し切れなくて、なんか負けた気分」

最後までボスを倒すのに固執していたベルが、可愛《かわい》らしく不満を零《こぼ》している。

「ねぇねぇ、もう1回挑まない⁉」

「勘弁してくれ……」

俺の絞り出すような声に、エミリさんも同意するように頷《うなず》いている。

先程のボス戦で前衛のエミリさんとベルは、俺が提供した【完全蘇生《そせい》薬】10本を全て使い切るほど倒されていた。

更に、エミリさんの場合は、時間稼ぎに使った合成MOBのストックも消費している。

1回のボス戦でコストが掛かり過ぎて、流石《さすが》に2戦目は挑めない。

そして何より、精神的に疲れたレティーアがこれ以上の戦闘を嫌そうにしている。

「そっかぁ。じゃあ、仕方が無い。次に挑む時は倒し切れるようにもっと強くなろう！」

そうした俺たちの訴えに納得したベルは、次回の挑戦に向けてやる気を見せる。

「とりあえず、ダンジョンから出ましょうか」

エミリさんに促されてボス部屋の奥に目を向ければ、帰還用の魔法陣が現れていた。

それに乗ってダンジョンから脱出した俺たちは、迷宮街のポータル前に転移し、近くの屋台で冷たい飲み物を買ってダンジョン攻略後の談笑に興じる。

「そういえば……皆さんは、ボスからのドロップを確認しましたか？」

レティーアの言葉に俺たちは、そう言えば、と思い出してドロップしたアイテムを確かめる。

「私は、【獅子《しし》悪魔の兜《かぶと》】だって！　鬣《たてがみ》が格好いい！」

【壊力の悪魔】の顔を模したフルフェイスヘルムを被《かぶ》ったベルが肉球グローブを掲げて、ガオー、と言って遊んでいる。

「私は、ボスの使っていた剣ね」

エミリさんの方は【紅蓮《ぐれん》獅子大剣】という名の、ボスの使っていた大剣のユニーク装備である。

武器のステータスには、火属性の能力やダメージを上げる追加効果が付与されている他、【獅子咆火《ほうか》】という固有のアクティブスキルを持っていた。

発動すると大剣が炎を纏《まと》い、武器を振るうと、４発の火球を同時に放つ。

こちらは、ボスの行動を模したスキルで、中々に面白そうだ。

「私とユンさんは、強化素材みたいですね」

「えっと、【獅子悪魔の鬣】で付けられる追加効果は、【炎熱耐性】かぁ……」

ダンジョン攻略で必要な追加効果が得られる強化素材がボスからドロップすることに、ちょっと意地の悪さを感じる。

まぁ、強化素材自体は無駄にはならないだろうし、耐熱装備である【夢幻の住人】に使えば【炎熱耐性】の追加効果を更に強化できるはずだ。

そして、最後に――

「エミリさん？　集めたクエストチップは、どのくらいになりました？」

「ちょっと待って。今日集めた分とみんなが持っている持ち越し分を合わせて――金チップ換算で8枚分ね」

エミリさんの言葉を聞いて、金チップ50枚の道程が長いなぁ、と俺が遠い目をする。

冬イベの前半期間は、約3週間。

【ギルドエリア所有権】の入手に協力してくれるプレイヤーたちがいるとは言え、既にリアルでのテスト期間との被りで今日を含めて既に3日が過ぎている。

ベルが既に他のプレイヤーとの協定の内容を纏めており、リアルの都合や協力してくれるプレイヤーの手伝いに行く場合を考えると、クエストチップを集めるのは大変そうだ。

頭を悩ませる俺とエミリさんにベルは、今後の行動の方針を提案してくる。

「それじゃあ、方針はどうする？　協定で手伝いに向かう時以外は、みんなで集まれる時に協力し合うけど、集まれない時は各自でクエストチップ集めする？」

「もぐもぐ……私はそれでいいと思いますよ。【スターゲート】の騎乗レースでもクエストチップが多少は集められますからね」

クエストチップイベントの期間中は、クエスト以外にもクエストチップを貰えるコンテンツがある。

迷宮街の【スターゲート】から挑戦できるレースエリアだったり、町中に散らばる盗賊団ＮＰＣ《ノン・プレイヤー・キャラクター》を掴《つか》まえるハンティングゲームだったり、バトルロイヤルＰＶＰ《プレイヤー・バーサス・プレイヤー》など——

ＯＳＯの様々なコンテンツの副報酬として、クエストチップが追加されている。

屋台で買い込んだ甘く冷たいジュースを飲むレティーアの意見に、ベルも賛成のようだ。

「それじゃあ、パーティーとしてはどうする？」

「それが問題なんだよなぁ……」

俺たち４人が集まってできることなんて、そこそこの難易度のクエストを受けて地道にクエストチップを集めることぐらいだろう。

「とりあえず、明日からはクエスト掲示板に行って効率のいいクエストを探しましょう」

「そうだな。そうするか」

エミリさんの提案に俺が賛成すれば、レティーアとベルも頷いている。

全員、【暖炉のダンジョン】の攻略で大分疲れたようだ。

そうして今日はお開きとなり、ログアウトする俺たちは、また明日も会う約束をするのだった。

二章【丘陵エリアと荷物捜し】

「さて、どんなクエストを受けたらいいか……」

【暖炉のダンジョン】を攻略した翌日――OSOにログインしてエミリさんたちと合流した俺は、クエスト掲示板を眺める。

クエスト掲示板には、前回のイベント時とは異なる点がいくつか見られる。

掲示されているクエストの報酬の横には、赤い上矢印と青い下矢印、緑のNEWと書かれたマークが押されているのだ。

どうやら、前回のイベントと比べて、報酬やクエストチップの増減と新規クエストが分かりやすくなっているようだ。

俺は、赤い矢印と新規クエストのマークを頼りに良さそうなクエストを探すが、それでも中々絞り込めない。

「みんなは、良さそうなクエストは見つかった？」

「私は、このクエストが美味《おい》しいと思います」

ベルが受けたいクエストは見つかったか聞くと、レティーアは自信満々に見つけたクエストを見せてくれるが――

「【新たな味覚を求めて】って、確かにこのクエストのメイン報酬は、レティー好みだろうけど……」

ベルもレティーアの選んだクエストを覗き込んで言葉を濁し、俺とエミリさんも同じようにクエストの内容を見て把握した。

――【納品クエスト・新たな味覚を求めて】――

アイテムを最大5個までレストランの料理人NPC《ノン・プレイヤー・キャラクター》に渡す。

報酬：渡した食材で調理された料理アイテム。

副報酬：料理アイテムの評価に応じて変動。（最低なし、最大銅チップ40枚）

クエスト内容は、プレイヤーが選んだアイテム1～5個をレストランの料理人NPCに納品することで、彼らがその食材を使って料理を作ってくれる、というものだ。

そして、選んだアイテムの組み合わせによって作られた料理アイテムを受け取り、その料理の評価によって報酬のクエストチップも増減する。

またクエストの備考には、料理人ＮＰＣが一度でも作った料理は、以降も指定された材料とお金さえ渡せば、同じ料理アイテムを作成してくれるようになるとある。

一度はクエストで料理レシピを解放しないといけないが、武器屋ＮＰＣの武器作成システムの料理版とも言える物が使えるようになるのは便利だろう。

ちなみに、このクエストのミソは、料理人ＮＰＣに渡せるアイテムが食材系に限定されていない点だ。

そのために、隠し味として食材以外のアイテムを渡してもいいが、あまりに食材とかけ離れたアイテムを渡すと料理が失敗して評価が付かないらしい。

「美味しい食材を注《つ》ぎ込めば、美味しい料理が手に入り、クエストチップもガッポリ……」

「そう上手《うま》く行くかしら？　食材アイテム集めで時間を使いそうだし、そもそも効率のいい食材の組み合わせが分かってないから今は手を出すべきじゃないと思うわ」

「でも、面白いクエストだよなぁ。多分、料理アイテムのテコ入れで用意されたクエストだよな」

食材アイテムを上手く調理すれば、様々な追加効果を持つバフ料理アイテムになるが、作成には【料理】系の生産職頼りなところがあった。

それが食材アイテムの持ち込みで購入できるようになれば、気軽にバフ料理アイテムを使えるようになる。

ただ、プレイヤーとＮＰＣでは、一度に作れる料理の数やバフの効果量などで差別化はされているかもしれない。

「とりあえず、このクエストはまた今度にして、私はこれがいいと思うなぁ」

「エミリさんが選んだのは——荷物の配達クエスト？」

料理人ＮＰＣのクエストには後ろ髪を引かれる思いはあるが、エミリさんが選んだクエストを俺たちも確認する。

——【納品クエスト・行方不明の荷物を捜して、お届け】——

海岸に至る丘陵地帯で運搬任務中の輸送隊が襲われ、輸送中の荷物を紛失しました。

クエスト受注者は、紛失した荷物を回収して、サルベージ船の船長にお届け下さい。

紛失した荷物を最低5個回収して届けることでクエスト達成となります。

報酬：10万G、サルベージ船が発見したアイテム（配達した個数によって増減）

副報酬：紛失した荷物1個につき、銅チップ2枚。（最大20個まで）

エミリさんが選んだ荷物の回収と配達クエストは、変則的なお遣いクエストらしく中々に面白そうである。

特定のエリア内に配置されたクエストアイテムを回収し、海岸エリアまで届けるクエストである。

戦闘を極力避けて最小限の荷物だけを回収して最速クリアを目指すか――

目が届く範囲の荷物を無理なく集めて、時間と報酬のバランスを重視するか――

一度にクエストの最大報酬を目指すか――

何個の荷物をどれだけ回収して届けるかは、プレイヤーたちの性格や個性が出るクエストになりそうだ。

ただ、クエストチップ集めの観点から見ると、効率が良さそうには見えないが……

「あと、このクエストも一緒に受けたいわね」

エミリさんは、荷物捜しのクエストの他に、更に別の討伐クエストを選び取る。

「エミリさん、どうしてこのクエストを？」

「両方共、丘陵エリアで完結するクエストなのよ。だから、並行してクエストを達成していけるでしょ？」

確かに、それぞれのクエストは単体では効率は悪いが、同エリア内での別のクエストと合わせて受注すれば、効率は良くなる。

「なるほど……それじゃあ、こっちのクエストも受けても良《い》いんじゃない？」

俺は、更に一つ丘陵エリアでのクエストを追加することを提案する。

「良いんじゃないですか？　物捜しなら私のパートナーたちにも捜すのを手伝ってもらえますし」

「それにフィールドならダンジョンよりも思う存分、モフモフたちを召喚できるもんね！」

レティーアとベルも賛成の意見を上げる中、俺は、ふと今回のクエストで向かう丘陵エリアを見て考え込む。

「丘陵エリアかぁ……」

「ユンくん、何か気になることでも？」

呟《つぶや》きを零《こぼ》す俺を見て、エミリさんが聞いてくる。

「俺は、湖のボスを倒すショートカットで海岸エリアに行ったから、そっちのルートは、途中までしか通ったことが無いんだよなぁ」

俺が海岸エリアまで通った道筋は、第二の町から向かうダイアス樹林と呼ばれる暗い森を進み、森の中にある湖の底にいるボス【コウテイグソクムシ】を倒すことで海岸エリアへのショートカットが解放される。

だが、本来の海岸エリアへの行き方は、湖よりも更に森の奥——迷いの森を抜け、巨大蜘蛛《くも》の巣になっている王花桜《おうかざくら》の木がある場所を通り、丘陵エリアを進んで辿《たど》り着くのが海岸進出ルートと呼ばれる行き方である。

俺は、海岸エリアへのショートカットを開通しているために、王花桜の木の近くにあるポータルまでしか到達していない。

「そう言えば、ゴールデンウィークの遠征の時にはユンさんは、地下渓谷を通ってドワーフの国や地底エリアに行ってたんですよね」

俺が海岸進出ルートを通ったことがないことを話すと、レティーアは思い出したかのように言葉を口にする。

エミリさんとレティーア、ベルたちは、ゴールデンウィークの大型連休に先程言った海岸進出ルートとして丘陵エリアを攻略しており、俺の方は、地下渓谷のドワーフの国を目指していた。

「だから、丘陵エリアが分からないから、そこが心配かなぁ」

俺がそうぼやくと、エミリさんたちは顔を見合わせて笑っている。

「半年前の私たちが攻略できたくらいだし、難易度はそこまで高くないから大丈夫じゃないかしら」

「そうですね。エリア入口側は林が広がり、徐々に木々の数が減って、後半からはなだらかな丘陵地帯になってます。それに敵ＭＯＢが面倒なら、一気に駆け抜ければそれで済む話ですし」

「それにクエストチップ集めと合わせて、ユンさんの新しいエリア開拓もできるなんて一石二鳥だよね！」

エミリさん、レティーア、ベルの順番で掛けられる言葉を聞いた俺は、丘陵エリアに向かう不安は無くなった。

「それじゃあ、このクエストを受けに丘陵エリアに行こうか」

掲示板で丘陵エリアの複数のクエストを受注した俺たちは、第一の町から王花桜の木のポータルに転移する。

「あんたらは、回収屋かい？」

王花桜の木のポータルに転移した俺たちは、掛けられた声に振り返る。

振り向いた視線の先には、壊れた荷馬車の傍《そば》に佇《たたず》む赤いバンダナを腕に巻いたクエストＮＰＣが立っていた。

「俺たちは、頼まれた荷物をあの海岸まで運んでいたんだ」

俺たちと目が合った赤いバンダナのNPCが丘陵エリアの丘の隙間から見える海岸を指差しながら話し始める。

「依頼の途中、魔物や盗賊に襲われてここまで逃げてくる途中で荷物を落っことしちまったんだ」

こちらに話し掛けてきたNPCは、そう言って壊れた馬車から木箱を一つ取り出してくる。

「唯一、この荷物だけは死守できた。これと同じような荷物を捜して、俺たちの代わりに届けてくれ」

「おっ、早速NPCから荷物が貰《もら》えた」

俺が荷物を受け取るとクエストNPCは、更にクエストの説明を付け加えてくる。

「陸路の途中には、赤いバンダナを巻いた俺の仲間たちも荷物を捜しているんだ。そいつらを見つけた場合には、声を掛けてやってくれないか」

クエストNPCは、最後にそう語り終えて、壊れた荷馬車に腰を下ろした。

「クエスト説明も兼ねていたのかしら。多分、エリア内に落ちている荷物の他にもクエストNPCに話し掛ければ、同じように荷物を受け取れるってことを示唆しているのかも」

エミリさんは、目の前のクエストNPCの説明について一頻《ひとしき》り考察する。

「さて、どのくらいの荷物を集めるのを目標にしますか？」

「他に受けたクエストはエリア内を歩いていれば、その内達成できそうだし……私としては、20個の最大報酬を目指したいなぁ」

そうしてクエストが始まり、レティーアが捜し出す荷物の目安を俺たちに聞く中、ベルが自身の希望を口にする。

それに対して、荷物捜しのクエストを選んだエミリさんが現実的な提案をする。

「時間で区切るのはどうかしら？　今が午後1時だから、午後4時までは荷物を捜し回って、その後に海岸を目指すってのは？」

「俺は、そんな感じでいいと思いますよ」

今日は、テスト期間明けの休日であるために、昨日と同じくプレイ時間に余裕がある。

なので、いつもよりじっくりとクエストに挑むことができる。

「わかりました。私もそれでいいと思います」

「それなら、その時間前に20個の荷物を見つけられるように頑張ろう！」

レティーアも納得し、ベルは一人で元気よく拳を突き上げてやる気になる。

そして、4人でポータルのある小高い丘を降りていき、丘陵エリアの入口を目指す中で俺は、ふと疑問を口にする。

「ところで……このエリアって、どんな感じで進むんだ？」

木々が立ち並ぶエリアではあるが、第二の町近郊の森に比べれば木々の密度は低く、ある程度は遠くを見通すことができる。

それでも幾つもの丘陵の起伏が、その裏側の景色を隠しているのだ。

「この丘陵エリアは、幾つもの緩やかな起伏があって、低くなっている場所が通りやすいのよ」

この丘陵エリアには、幾つもの緩やかな小山がある。

地形的に起伏のある場所ほど採取や採掘ポイントが多い一方、敵ＭＯＢとの遭遇頻度も高く設定されている。

逆に丘陵エリアの低い場所は、比較的安全に通れるが、小山を迂回《うかい》するような道を歩くことになる。

また、実際にそうした場所は分かりやすく……

「地面を頼りに進めば、迷うこと無く海岸までは行けますけどね」

「あっ、ホントだ」

丘陵エリアの入口に立った俺は、色の変わった剝《む》き出しの地面を見つけた。

多くの人が歩いたことで草が生えなくなってできた道が林の奥に延びているのだ。

「この色の変わった地面を辿って行けば、丘陵地帯の低い場所を迷うこと無く進めるわ」

「それにあの丘の向こうからは、なだらかな平野が広がっているので騎乗可能なＭＯＢを走らせるには気持ちのいい場所なんです」

　エミリさんとレティーアがこのエリアについて語り、俺はうんうんと相槌《あいづち》を打って聞く。

「ユンさん、ユンさん。私たちが出てきたポータルから目的地の海岸エリアが見えたでしょ？」

「ああ、丘陵エリアの起伏の間からチラッと見えたけど、良い景色だったよなぁ」

　ベルの唐突な話題の振り方に、俺は驚きつつもしみじみと答える。

　そんな俺の反応を見たベルが、ニヤリと笑い、このエリアでの他のプレイヤーの失敗譚《たん》を教えてくれる。

「その景色と方向を頼りに海岸エリアまで直線コースで進もうとしたプレイヤーたちが、敵ＭＯＢの密集地帯やボスの所に突っ込んで、余計にエリア横断に時間が掛かった、なんて話があるんだよねぇ」

　ベルが楽しそうに語るプレイヤーの失敗譚を聞いた俺は、容易にその出来事が想像できて遠い目をしてしまう。

「それじゃあ、そろそろ捜し始めますか。ハル、ナツ、フユ、ラギ、ヤヨイ――《召喚》！」

そうこう話している間に俺たちは丘陵エリアの入口に辿り着き、紛失した荷物を捜させるためにレティーアが次々と使役MOBたちを呼び出していく。

草食獣のハル、フェアリー・パンサーのフユ、ラナー・バグのキサラギは地上から。ミルバードのナツと風妖精のヤヨイたちには、空から探してもらう。

「よし、俺も。荷物捜しを手伝ってくれ。リゥイ、ザクロ、プラ――『宝探しだー！　行くぞ！』『きゅきゅっ！』――」

俺も捜すのを手伝ってもらうためにリゥイたちを呼ぼうとしたが、召喚前に勝手に飛び出してくる。

そんなリゥイたちの登場に唖然《あぜん》とする俺だが、勝手に飛び出してきたことを理解して、呆《あき》れてしまう。

「全く、呼び出す前から出てくるなんて、少しは落ち着けよな」

「きゅぅ～」

「いいじゃん！　あたいたち、ちゃんと手伝うんだから！　ねー！」

そして、現れたプランは、レティーアの風妖精であるヤヨイと共に空中で手を取り合って、クルクルと回っている。

そんな妖精たちのやり取りを、俺たちは微笑《ほほえ》ましそうに眺める。

その中でふと横目でエミリさんを見れば、何かを考え込んでいる。

「エミリさん、どうしたの？」

「……ちょっとユンくんとレティーアが羨ましい、と思っただけよ」

自嘲気味に笑うエミリさんに俺とレティーアが首を傾《かし》げるが、ベルだけは共感できるようだ。

「わかる、わかるよ～。二人とも素敵な妖精ちゃんたちを仲間にしているからね」

うんうんと腕を組んで頷《うなず》くベルにエミリさんは、ちょっと違うけどね、と苦笑しながら語ってくれる。

「私のところにも水妖精の子がいるでしょ？　私は、その子といつになったら契約できるのかしら、と思ってね」

エミリさんは、妖精クエストが期間限定で実装された時から水妖精と一緒に過ごしている。

植物に水をあげて育てたい水妖精のために、【素材屋】の店舗の中に植木鉢やプランターを置いてお世話を任せている。

そんな関係がずっと続き、妖精クエストの恒常化を契機に、俺とプランのように後からも契約を結んで使役MOBとなったパターンがあった。

エミリさん自身も、一緒にいる水妖精とそんな関係になりたいと思っているのだろう。

「大丈夫だよ！　きっと、エミリさんも水妖精と契約できるよ！」

ベルの励ましの言葉にエミリさんもクスクスと笑い、逆にベルに対して今まで持っていた疑問を投げ掛ける。

「そう言うベルはどうなのかしら？　【ケモモフ同好会】ってギルドを立ち上げるくらいだけど、自分でも使役MOBと契約しないの？」

自分で契約すれば、自分でモフモフし放題よ、とからかうようにエミリさんは言う。

「あはははっ……中々厳しいところを突いてくるね。でも、私はモフモフしたり少し離れたところから観察するのが好きであって、自分のパートナーを持ちたいとは思ってないんだよねぇ～」

そんなベルの言葉に、まぁ分かる気がする、と俺は納得する。

「もー、早く宝探しに行こうよ！」

「きゅきゅっ！」

呑気《のんき》に話し込んでいる俺たちに痺《しび》れを切らしたザクロとプランに催促されたのを皮切りに、レティーアの使役MOBたちからも抗議の声が上がる。

「そうでした。この丘陵エリアでは、色んな食べ物系アイテムを採取できるのを忘れてました」

「レティーア、目的が変わってるぞ。リゥイたちは、これと似た荷物か、赤いバンダナを巻いた人を探してくれ」

俺が先程赤いバンダナのクエストNPCから受け取った荷物をリゥイたちに見せれば、全員がふむふむと頷いてくれる。

「わかった！　探すのは、荷物と赤いバンダナの人と……食べ物！　それじゃあ、探してくる！」

「グッド！　完璧ですね！」

「完璧じゃないって。食べ物は余計だから……って、行っちまった」

リゥイとザクロは俺の、フェアリー・パンサーのフユはレティーアの傍《そば》に寄り添うが、それ以外の使役MOBたちは、荷物や食べ物などを探しに行ってしまう。

「さぁ、私たちも捜しに行きましょう」

そうして俺たちは、丘陵エリアで紛失した荷物を捜し始めるのだった。

紛失した荷物捜しを始めてしばらく経《た》ち、俺たちは幾つかの荷物を見つけることができた。

丘陵エリアの安全な道沿いに落ちている荷物もあれば、草食獣のハルが荷物の匂いを追って茂みの中から探し出したりもした。

そして、今も糸を吐き出して木々を飛び移るランナー・バグのキサラギが、木の上に引っかかった荷物を見つけて、俺たちに渡してくる。

「これで4つ目、荷物が中々集まらないね。まぁ、私たちが道草を食いまくってるのが原因だけどね」

見つけた荷物を受け取ったベルの呟《つぶや》きに心当たりのある俺とエミリさんは、気まずそうにソッと目を逸《そ》らす。

丘陵エリア内の移動中、採取ポイントや採掘ポイントを見つける度に、俺とエミリさんは生産職としての性《さが》からアイテムを回収してしまうのだ。

更に、他にも理由があり――

「おーい！　あっちに良《い》い物があったよー！」

「また新しい食べ物を回収しに行きましょう」

上空からも探索してくれるプランたちが何かを見つけたのか声を掛け、レティーアが嬉々《きき》としてプランたちの誘導に付いていく。

だが、これまでプランたちに誘導された場所には、食材アイテムの採取ポイントがあり、見つけたからには素通りせずに回収してきたので、そこでもまた道草を食ってきた。

その結果、丘陵エリアを移動する速度が遅くなり、その分探索範囲が広がらずに思うようにに荷物捜しもできないのだ。

「今度こそ、ちゃんと捜していてくれよ……」

俺は、プランたちが見つけた物が、紛失した荷物かクエストNPCであることを祈りながら追いかける。

「ここだよ、ここー！」

プランとレティーアの使役MOBたちがクルクルと飛び回っている真下に居たのは、うつ伏せに倒れた赤いバンダナのクエストNPCだった。

「た、たす……けて……」

「ちょ!?　なんで死にかけ!?　ポーション！」

普通に瀕死《ひんし》っぽい状態で助けを求めるクエストNPCに驚き、慌てて上体を起こしてメガ・ポーションを飲ませる。

ゴクゴクと喉を鳴らしながらメガ・ポーションを飲みきったクエストNPCは、ぷはっと短く息を吐き、俺たちに顔を向ける。

「嬢ちゃんたち、助かった。危うく、死んじまうところだったぜ」

「助かって良かった。ところで、荷物の輸送隊の人だよな。どうして、こんなところで倒れてたんだ？」

俺が助けたクエストNPCに尋ねると、倒れていた理由を語ってくれる。

「実はな。あいつらから取り返そうとしたんだが、見事に返り討ちに遭っちまったんだ」

「あいつらって、誰のこと？」

「この辺りに出没する盗賊や魔物たちだ」

俺が聞き返すと、クエストNPCはこのエリアに出没する敵MOBについて教えてくれる。

「盗賊共は、丘陵地帯の端っこにある洞窟をアジトにしていやがるし、盗賊のアジトに辿《たど》り着こうにもこの辺に出没する魔物たちに邪魔されて辿り着けねぇ」

「クエストNPCの話から考えると、盗賊のアジトでも荷物を回収できるヒントね」

また、荷物の情報については、これで終わりではなかった。

「盗賊たちが持ち切れなかった荷物は、魔物たちが色んなところに運んで隠しちまうんだ」

「なるほど。だから、色んな場所に荷物が散らばっていたんですね」

レティーアは、これまで見つけた荷物が明らかに意図的に隠したような配置だった理由に感心している。

エリアの至る所に荷物が散らばっているのは、クエストの仕様の一言で片付けられるかもしれないが、こういう理由付けがあると俺としても納得感を得やすい。

「俺が取り返せた荷物は、これ一つだけだ。回収屋のあんたたちに預けるよ」

「やっと、荷物を渡してくれたね」

助けたクエストNPCからベルが荷物を受け取り、ちょっと安心する。

ただ、最後にクエストNPCから忠告が入る。

「北西の林と南東の平野の丘上には、それぞれを縄張りとする主がいる。荷物の回収を頑張ってくれるのは嬉《うれ》しいが、あんまり深入りするのは危ないから気をつけろよ」

「これって、林と平野の丘上のボスの所に荷物が運ばれているから行け、ってことかしら……」

小首を傾げるエミリさんの言うとおり、クエストNPCの言葉がもはや強力なボスMOBに挑めよ、という前振りにしか聞こえない。

ちなみに二つのボスの居場所は、丘陵エリアの入口と海岸エリアを繋《つな》ぐ一直線上に配置されている。

そのため、最短距離で丘陵エリアを突き進もうとすると連続2回――いや、エリア出口にいるエリアボスを含めると3回ボスMOBと遭遇することになるのは余談である。

「当てもなくエリアにちりばめられた荷物を捜すか、盗賊のアジトやボスMOBに挑んで荷物を取り返すか、って感じになるのかな？」

「ついでに言えば、盗賊NPCやボスMOBの方が取り返せる荷物の数が多い感じがするよね」

俺の呟きに、ベルがそうクエストの内容に予想を立てる。

「それで、どうします？　盗賊のアジトやボスMOBに挑みますか？」

レティーアが俺たちを見回しながら、そう尋ねてくる。

正直、このエリアのことをほとんど知らない俺としては、盗賊のアジトやエリアボスから手に入るアイテムには興味があるが……

「ここまでの道草で大分時間を使ってるし、盗賊のアジトやエリアボスでどれくらいの時間を使うか分からないから、次の機会を楽しみにするよ」

最初に決めた午後4時という時間までに盗賊のアジトやエリアボスを回りきれる確証がないために、今回は見送りにした方がいいと思う。

「盗賊のアジト攻略は面倒だし、エリアボスも結構強いから、今受けてるクエストに専念しましょう」

「私はボスと戦うのは楽しそうだけど、盗賊のアジトは遠慮したいかなぁ」

エミリさんとベルもそれぞれの意見を口にして、俺たちの意見をレティーアが纏《まと》める。

ベルだけがエリアボスに挑むのに前向きではあるが、絶対に挑みたいというわけでもないようだ。

話し合いの結果、どうしても荷物を20個捜し出せなかったら、平野側のエリアボスを倒して荷物を回収する、という方針に決まる。

「さて、大体話が決まったところで、改めて荷物を捜しに行きましょう」

レティーアの言葉を受けて俺たちは、リゥイたち使役ＭＯＢたちと協力して荷物捜しを再開する。

その後、程々に道草の素材採取を続けながらも、順調に荷物を見つけていく。

「これで20個。最大報酬まで集めることができたな」

北側の林から徐々に下っていき、平野の方まで探索した俺たちは、20個目の荷物を見つけ出して安堵《あんど》の吐息を零《こぼ》す。

「あーあ、20個見つからなかったら、エリアボスに挑めたのに……」

「でも、プレイヤーの盲点を突く場所に沢山あって、捜すのに苦労したわね」

ベルが若干残念そうな声を上げるが、エミリさんは荷物捜しの苦労を思い出すようにしみじみと呟き、俺とレティーアが頷《うなず》く。

「下を向いて捜していた時、ふと見上げた木の枝の間にあった時は驚きましたね」

「あれは意地が悪いよな。木の葉っぱで遠くからは見つけづらくて、木の根元から見上げたらようやく見つかるんだから！」

隠されるように置かれた荷物は、とにかくプレイヤーの視界や意識の死角になりやすい場所に配置されていたのだ。

同じように意識の死角になりやすい場所で回収した荷物には、採掘ポイントから出た物もあった。

なんの前触れや切っ掛けもなく、ただ道草だと分かりながらも目に付く採掘ポイントを掘り返したら、そこから荷物が出てきた時には驚いた。

それと同時に、貧乏性な性格の自分たちを褒めたかった。

「まぁ、そうやってちょっと厳しい条件にしているのは、プレイヤーが多少は見落としても問題ないように沢山荷物を隠しているからでしょうね」

エミリさんの考察の通り、この荷物捜しのクエストには、沢山の荷物がエリア内に配置されているようだ。

事実、クエストNPCからエリアのボスや盗賊のアジトからも荷物を回収できることが示唆されたが、それに挑まなくてもこうして荷物を20個集めることができたのだ。

「他にもエリアに流れる川の一番深い所に沈んでいたり、敵MOBの集団のど真ん中にポツンとあったりとかしたし……」

「普通なら場所が悪くて取るのを悩むヤツもあったよね」

レティーアとベルがエミリさんの考察を聞いてうんうんと頷き、その様子に俺は苦笑を浮かべる。

実際に俺たちも荷物を発見したが、場所が悪いために取るのを諦めた場面が何度かあった。

総じてクエストの感想は、荷物毎《ごと》に色んなシチュエーションと難易度がある宝探しと言った感じで面白くはあった。

そんな運営の用意した荷物捜しクエストも、後はゴールの海岸エリアで荷物を引き渡すだけとなる。

「さて、ここから海岸までは、もう目の前だから行きましょう」

なんだかんだで荷物捜しをしている間に、丘陵エリアを南下しており、気付けば海岸エリアの境界を守るボスMOBの近くまで来ていた。

周囲を探ってもらっていたリゥイたちを近くに呼び戻して、真っ直《す》ぐに海岸に向かえば、あっという間に海岸エリアの入口が見えてくる。

「さぁ、ボスのフライング・スティングレイが出てくるわよ！」

平野と海岸の砂地の境界を越えた瞬間――奥に見える海面を突き破るようにして、菱形《ひしがた》の影が飛び出し、空中をゆったりと泳ぐように迫ってくる。

「デッカ⁉」

「おー、なんか面白ーい！」

「きゅきゅっ⁉」

丘陵エリアのボスである巨大エイ――フライング・スティングレイの、平たい体と翼のように扇ぐ胸ビレ、鞭《むち》のように長くしなる尻尾を持つ姿は、まるで凧揚《たこあ》げのようである。

巨大エイの登場にプランが楽しそうに笑い、驚いたザクロが俺の首に尻尾を絡《から》ませてくる。

そんなザクロの様子を、ベルが羨ましそうな目で見てくるのをスルーして俺は巨大エイを見上げる。

エリアの境界を遮るボスMOBたちは、未討伐のプレイヤーが居ればアクティブになり、フライング・スティングレイも例に漏れずに俺たちに襲い掛かってくる。

「みんな、戦闘態勢！」

「《空間付加《ゾーン・エンチャント》》――アタック、ディフェンス、インテリジェンス！」

エミリさんの声に従い、俺たちは全員に三重エンチャントを施し、ボスに対して身構える。

そして、ボスとの戦闘は……まぁ海岸エリアやその先の孤島エリアに到達している俺たちにとっては、脅威ではなかった。

実際、エミリさんたちは以前にも倒したことがあり、その時よりレベルアップを重ねているために特に苦戦することもなく倒せた。

むしろ、レティーアが【暖炉のダンジョン】では出せなかった使役MOBたちをここぞとばかりに召喚して数の暴力で倒していくのだ。

そうしてボスを倒し終えた後、過剰な召喚によって満腹度を減らしたレティーアのお腹《なか》からグググッと低い音が響いてくる。

「お腹空きました。早くクエストを達成して何か食べに行きたいです」

空腹が限界に達しているレティーアに促された俺たちは、話を切り上げて海岸エリアへと入っていくのだった。

●

ボスを倒した後、海岸に留まるサルベージ船を見つけた俺たちは、船長ＮＰＣに荷物を届けた。

その報酬として、全部で６個のアイテムを貰《もら》った。

報酬アイテムの内訳は、３種類が海岸や海エリアで手に入る素材が十数個と纏まった数を渡された。

他のアイテムは、海底から引き上げられた装備アイテムが三つだ。

海底に沈んでいたためか『錆《さ》びた』とアイテム名の頭に付いており、装備の性能と耐久度は低いが、【水中呼吸】や【水中速度向上】などの水中で有利に働く追加効果が付与されていた。

既に大海原を越えて孤島エリアに辿《たど》り着いた俺には、使う機会は少ないだろう。

だが、これから大海原を目指すプレイヤーたちは、こうした水中戦で便利な追加効果を集めて、【張替小槌《こづち》】で別の装備に移し替えて、海エリアの海域突破の準備をしていくのだろう。

荷物捜しのクエスト報酬を受け取って第一の町に戻った俺たちは、丘陵エリアで並行して受けていた他のクエストの達成報告と集めたアイテムの納品クエストを済ませる。

諸々《もろもろ》の後処理が一段落付いた所で、休憩のためにNPCのレストランに立ち寄り、クエスト報酬の分配を話し合う。

「それじゃあ、報酬はどう分け合う？」

NPCのレストランのテーブル席に着いたエミリさんが早速報酬の話を切り出す。

「あっ、全員分の飲み物をお願いします。それとクエストチップを協力してもらっているので私の分の報酬は無しでいいですよ」

店のメニューから飲み物を注文するレティーアは、ついでのように自分の報酬を辞退する。

そんなレティーアの様子に俺たちは、苦笑を浮かべながら納得する。

「素材系のアイテムは、納品クエストに回したけど、それ以外のアイテムで欲しいのはある？」

クエストや丘陵エリアで収集したアイテムは納品クエストに回しており、クエストチップ以外の報酬は——10万Gと錆びた装備が三つである。

「それなら、私はこっちの錆びた装備が欲しいなぁ。水着装備のアップグレードの時に追加効果を付けてもらいたいから」

「エミリさんは、どっちがいい？　俺はどっちでもいいけど……」

「なら、私はこっちの錆びた装備を引き取るわ。使わなくても追加効果の値段分だけで売れるでしょうね」

ベルとエミリさんが三つの内の二つの錆びた装備を選び取り、俺が最後に残った一つを受け取る。

「お金の方は、このレストランでの食事代の足しにするのはどう？」

「問題ないよ」

俺とエミリさんとベルでNPC産の錆びた装備を分け合い、お金の方はレストランでの食事代にすることで決着した。

その言葉を聞いたレティーアは、一瞬目を輝かせて、食い入るようにレストランのメニューを見つめていく。

そうして最後に、今日のクエストチップの成果を確認する。

「今日の成果は、荷物捜しのクエストが銅チップ40枚。討伐クエスト2種で銅チップ20枚、丘陵エリアで集めた素材アイテムで達成した納品クエストが8件で銅チップ22枚。金チップ換算で約2枚ね」

今日の冒険で得たクエストチップを数えるエミリさんにレティーアが呟《つぶや》く。

「もう少し、多くのクエストチップが欲しいですよねぇ。モグモグ……」

「レティーの食べてる果物を納品すれば、クエストチップの足しになるんだけどな～」

注文した飲み物が届くまでの間、口寂しさからレティーアが取り出して食べている果物は、丘陵エリアで採取した納品クエストの対象アイテムであることをベルが指摘する。

そんな指摘を受けたレティーアは、手元の果物を守るように抱え、ソッと目を逸《そ》らして聞こえないふりをする。

「前回の持ち越し分と昨日のダンジョン攻略の分を合わせると、金チップが10枚分かぁ……」

「金チップ50枚までは、結構遠いなぁ」

エミリさんは現在持ってるクエストチップの枚数を数え、それを聞いた俺がポツリと呟く。

今回のイベントから納品クエストのクエストチップの報酬が引き下げられた代わりに、

一日の受注制限が緩和されている。

それを利用して事前に【アトリエール】で貯《た》め込んだ素材アイテムを放出すれば、ある程度はクエストチップを稼げるが、それでも足りない気がする。

どうしたものかと俺が悩む一方、報酬の配分が終わって気の抜けたベルがエミリさんに絡みに行っている。

「ねぇねぇ、エミリさん？　もっと効率のいいクエストチップの稼ぎ方はない？」

ベルの絡みに対してエミリさんは、少し思案げな顔をしてポツリと呟く。

「そうね。理論上は、もっと稼げる方法はあるわよ」

「その理論上ってのは、ちょっと怖いんだけど……」

エミリさんの言葉に怯《おび》える俺とは対照的に、ベルは目を輝かせて前のめりで聞く姿勢を整えている。

「なに、簡単なことよ。今日やった探索を3倍の速さで終えて3周すればいいだけよ！」

「はい終了！　その話は止《や》めだよ！」

エミリさんの言葉を聞いたベルは、聞く姿勢から一転して拒否の姿勢に変わる。

理論上は、3倍の速さで行動して、浮いた時間で同じ作業を繰り返せば、確かに効率は3倍だ。

だが、同じエリアを、日に何度も周回するほど廃人になったつもりはない。

つまり、遠回しに無理であることを伝えてきたエミリさんの分かりづらい冗談に俺は、苦笑を浮かべる。

「まぁ、地道にクエストチップを集めて行くしかないわね」

エミリさんがそう話を締め括《くく》ったところで、レストランのメニューを見ていたレティーアがとある提案をしてくる。

「それじゃあ、早速クエストチップ稼ぎしませんか？　ここの料理人NPCが、アイテムを渡すと料理を作ってくれる人みたいですよ」

レティーアが指差す先では、厨房《ちゅうぼう》に立つ料理人NPCが白い歯を見せて、任せろというように笑ってくる。

どうやら、俺たちが休憩のために入ったレストランは、荷物捜しのクエストを受ける前にレティーアが受けたいと言ったクエストの場所だったようだ。

料理人NPCにアイテムを渡せば、そのアイテムを使って料理アイテムを作ってくれるクエストでは、それほど時間も取られない。

それに冒険の合間の息抜きとしても悪くないと思うが——

「折角だから、全員で一つずつアイテムを預けて料理を作ってもらいませんか？」

「全員で一つずつ食材って、闇鍋よね」

レティーアの提案にエミリさんが難色を示すが、ベルは面白そうな顔をしてレティーアの話を聞いている。

「流石《さすが》の私でも、信頼できない相手と闇鍋なんてしませんよ。ユンさんやエミリさんたちなら、変なアイテムを選ぶことはないですからね」

レティーアの曇りのない表情にエミリさんは諦めたように苦笑し、自身のインベントリから使える食材アイテムを探し始める。

「さて、それではどんな料理を作ってもらいましょうか」

「どうせなら、今日探索した丘陵エリアで拾った食材アイテムは使いたいよね」

「それはいいですね。では、この【サンダリンの実】なんてどうでしょうか?」

そう言って、レティーアは口寂しさから先程まで食べていた果物を取り出す。

【サンダリンの実】とは、丘陵エリアの日当たりのいい平野と海面から反射した陽光を浴びた果樹から採れるオレンジのような柑橘類《かんきつるい》の果物アイテムである。

そんな今日採れ立ての果物をインベントリから取り出してドヤ顔するレティーアに続き、ベルも食材を取り出す。

「それじゃあ、私は知り合いの調教師プレイヤーから貰ったスチール・カウのミルクだよ」

スチール・カウは、第一の町の北側にある高原エリアに出現する牛型ＭＯＢだ。使役ＭＯＢとなったスチール・カウは、食べ物を与えるとミルクを絞れるようで、そのお裾分けで貰ったようだ。

そして、エミリさんはオレンジ、ミルクと呟き、それに合わせても良さそうな食材が見つからずに悩みながらもとある素材を取り出した。

「私は……【ブルーゼラチン】にするわ」

エミリさんが取り出したアイテムは、ブルースライムからドロップするブルーゼリーから作る【ブルーポーション】を【合成】して作られる食材アイテムだ。

「俺は――【妖精郷《ようせいきょう》の花王蜜《ハニークラウン》】かな？」

【アトリエール】の個人フィールド内に花畑と養蜂箱を設置しており、そこから低確率ではあるが採れるようになったのでこうして気軽に使うことができる。

俺たちがそれぞれ出した食材からどのような料理ができるか期待するレティーアに、食材を受け取った料理人ＮＰＣが早速調理を始める。

まるで音楽のように厨房から軽快な作業音が聞こえ、瞬《またた》く間に料理を完成させて料理人ＮＰＣがやってくる。

そして、完成した料理は――

サンダリンのミルクゼリー【食べ物】
満腹度＋10％　追加効果【物理防御上昇（小）】／10分

真っ白なミルクゼリーの中に沈むサンダリンの果肉が鮮やかで美味《おい》しそうである。

「いい食材だったよ！　いやぁ、新しい料理の刺激になったね！」

そう言って料理人NPCは、ミルクゼリーとその料理レシピ、最後に料理の評価に応じたクエストチップとして銅チップ10枚を置いていく。

最大で銅チップ40枚なことを考えると、中々に厳しいようだ。

「それでは、いただきます」

そして、早速レティーアがミルクゼリーにスプーンを差し込み、一口持ち上げて美味しそうに食べる。

「ミルクゼリーが柔らかくて、サンダリンが甘酸《あまず》っぱくて、上に掛かったハチミツのシロップが美味しいです」

「あーっ、レティーだけ先に食べてズルい！」

「まぁまぁ、料理人NPCに食材を渡せばまた作ってくれるから注文しましょう」

レティーアが一足先に食べたことにベルが声を上げる。

それをエミリさんが宥《なだ》めるが、レティーアは、それよりももっと別の提案をしてくる。

「注文も良《い》いですけど、料理人NPCに別の料理も頼みましょうよ。クエストチップ、ガッポリ集めましょう」

「まぁ、料理を作らせるのに回数制限とかないみたいだから、試してみるか」

フルーツ入りのミルクゼリーで銅チップ10枚が手に入ったのだ。

4人がそれぞれの手持ちの食材アイテムを出し合って料理アイテムを作ってもらえば、結構な数のクエストチップが手に入るのではないかと予想して頷《うなず》き合う。

そうして手持ちの食材アイテムの組み合わせを、ああでもない、こうでもないと考えて、料理人NPCに預けて料理を作らせていく。

完成した料理は、どれも美味しそうではあるが、そうそう上手《うま》い話もなく――

「この食材の組み合わせは、前にも作ったな。作るんだったら、代金を貰《もら》うぞ」

以前に作ってもらったことのある料理の食材を渡すと、代金支払いに関するセリフを口にし――

「この料理は、前に作った料理をアレンジしたんだ。次はもっと別の食材を頼むよ！」

以前に作ってもらった料理と似通った物が作られた場合には、そのようなセリフを口にして、クエストチップの報酬はなかった。

それでも追加で銅チップ24枚が手に入り、テーブルの上には沢山の料理が並ぶ。

しばらくは料理系アイテムに困らなそうではあるが、時間に余裕ができたら自分でもこのレシピを試してみよう、と思う。

食べない料理はインベントリに仕舞い、気になる料理は4人で取り分けて食べながら、冒険終わりの気の抜けた雰囲気の中で談笑に興じる。

特にたわいのない話をする中で俺は、ふとレティーアに聞きたいことを思い付く。

「そう言えば、レティーアってギルドメンバーを増やそうとしないんだ？」

俺の突然の問い掛けにレティーアは、珍しく渋い表情をしていた。

「あー、確かに、そうね。ギルドエリア作りの協力を申し出てくれたプレイヤーたちの中にはギルドに加入してない人もいるわよね。その人たちをギルドに勧誘しようとは思わなかったの？」

俺の疑問にエミリさんも便乗する中、レティーアの様子を見てベルが忍び笑いをする。

「ぷくくっ、いやー、実際にそういう話はあるんだよ。むしろ、ずーっと前からレティーと一緒のギルドに入りたいって人は結構いるんだよね～」

レティーアのギルド【新緑《しんりょく》の風《かぜ》】はたった3人の少人数ギルドだが、レティーア自身はOSOでも有名な調教師プレイヤーの一人である。

そのため、同じ調教師プレイヤーや、レティーアの使役MOBたちを近くで眺めたいプレイヤーたちがギルド加入を希望してきたとベルは言う。

「じゃあ、なんでギルドメンバーを加入させないんだ？」

不思議そうに首を傾《かし》げる俺たちがレティーアを見れば、小さな溜息《ためいき》を吐《つ》いてポツリポツリと語ってくれる。

「私は、その……自信がありません」

「自信がない？」

俺が聞き返すとレティーアは頷く。

「私は、ライナとアルと出会って成り行きでギルドを作りました。その後に、ベルたち中小ギルドの人たちと親しくなりましたが、ギルドマスターとして他のプレイヤーたちを纏《まと》められる自信がありません」

そう答えるレティーアに俺は、あー、と小さく声を漏らして納得する。

確かにレティーアの気質的には、OSO最大手のギルド【ヤオヨロズ】のミカヅチのようなギルドマスターにはなれないかもしれない。

親しい仲間たちと一緒に、身内ギルドの小さな規模で責任などなく楽しむくらいが丁度いいのかもしれない。

だけど――

「私は、ギルドの規模が大きくなったからって、今のレティーのままでもいいと思うな～」

「……そうですか？」

「そうそう。ギルドの運営だとかあれこれはサブマスター辺りに全部丸投げして、レティーは、モフモフ信者のギルドメンバーたちからチヤホヤされるギルマスでも私は一向に構わないと思うよ！」

そう力説するベルの言葉に、ギルドメンバー全員がレティーアを養うギルドなんてものを想像して、小さく笑ってしまう。

「ぷはは……酷《ひど》いギルドだな」

「ふふふっ、確かに、酷いギルドね」

俺の笑いに釣られてエミリさんも笑ってしまう中、レティーアは真剣な表情で考え込む。

「……そんな夢のようなギルドがあればいいですね」

「おっ、乗り気⁉　なら、これを機にギルドの加入希望者を纏め上げて、【新緑の風】の

規模を拡大しちゃう?」

レティーアから肯定的な言葉を引き出せたベルは、冗談っぽくギルドの規模拡大を勧めるが——

「いいえ。やっぱり私は、ギルドマスターに向いていないので勘弁して欲しいですね」

ベルの冗談っぽい言葉に、レティーアは静かに首を振って否定する。

それでもギルドメンバーからチヤホヤされるギルドの想像に、ふふっと楽しそうに笑っている。

その一方でベルは、小声で——

「いやぁ、冗談じゃないんだけどねぇ……」

そう呟《つぶや》くベルの言葉はレティーアの耳には届かず、俺とエミリさんの耳に微《かす》かに届く。

俺とエミリさんがベルの方をマジマジと見つめると、ベルの方も俺たちの視線に気付く。

マジで?　と言うようにアイコンタクトを送れば、ニンマリと何かを企《たくら》むような笑みを浮かべたベルが小さく頷いている。

「とりあえず、今はギルドエリアの事ですよ。みんなの使役MOBたちが楽しめるふれあい広場の完成を目指して頑張りましょう」

ベルの表情に気付かないレティーアは、明日からの意気込みを見せる。

俺とエミリさんもレティーアの言葉に同意しながら、ベルが何を考えているか分からずにソワソワしてしまう。

だが、レティーアを可愛《かわい》がり、モフモフ好きのベルは、なんだかんだで引き際《ぎわ》を弁《わきま》えている。

その企みで驚かされるだろうが、それでも悪いようにはならないと思うのだった。

三章　【協定とメイド服】

引き続き、ギルドエリアの入手を目指してクエストチップ集めに邁進《まいしん》しようとする俺たちだが、ガッツリとOSOにログインできる休日は終わり、平日がやってくる。

そうなると、OSOのログイン時間が減ったり、リアルの都合で集まれない時がある。

なので俺たちは、その間に各々《おのおの》の方法でクエストチップを集めることになった。

俺は、【アトリエール】にある素材アイテムや各種ポーションを持って、クエストNPC《ノン・プレイヤー・キャラクター》の所を回って納品クエストをこなし、最後に馴染《なじ》みの薬屋のオババのお店にも向かった。

「こんにちは～」

「いらっしゃい。って、なんだい、あんたかい。久しぶりに顔を出してどうしたんだい？」

「いやぁ、納品クエストを探しに来ました」

薬屋のオババに気の抜けた表情を向けると、呆《あき》れられた顔で壁の一角を指し示される。

「そこに今の納品リストが載ってるよ」

そう言って、指し示してくれたポーションの納品リストを確認する。

達成できるクエストはインベントリのアイテムを納品して達成し、手持ちにないアイテムが必要なクエストも【アトリエール】に戻って大量に作っておけば、次回来た時に達成できそうである。

それと同時に、薬屋の納品クエストの一覧を見て、新たな調合レシピが覚えられるものはないか確認して落胆する。

「新しいレシピが覚えられそうなクエストは無かったな」

「薬のレシピなんて、そう簡単には生まれやしないよ」

納品クエストの一覧に見知らぬアイテムがあれば、是非ともその作り方を知りたいと思っていたが、新しいレシピは見つからず、薬屋のオババも呆れていた。

「ほら、これが報酬だよ。それを持って帰りな」

薬屋のオババから納品クエストの報酬を受け取った俺は、このお店の変化にも気付く。

「あっ、ここでもアイテムの作成をやってくれるんだ」

ここでも武器屋や料理屋と同じく、素材アイテムを持ち込むことでポーションなどの調合系アイテムを作ってくれるようだ。

素材を持ち込む分NPCのお店よりも安く、ハイポーションやメガポーション、蘇生薬《そせい》なんかのNPCの店舗では売っていないアイテムも作ってもらえる。

「最近は、ポーションの需要が増してるようでね。私も孫娘も大忙しだよ」

「忙しいのは私の方だよ！　沢山作る必要があるポーションは私に回して、自分は注文の多くない難しいポーションを担当してるでしょ！」

「それなら、アンタが腕を上げな！　そうすりゃ、難しいポーションも全部アンタに任せて、あたしゃ楽隠居させてもらうよ！」

「そんな～」

店の奥から聞こえる孫娘との漫才に俺は、苦笑を浮かべて、オババのお店から出る。

「さて、今日の成果は――銀チップ4枚に、銅チップ37枚か」

今日の納品クエストで手に入れた報酬を数えながら、町中の露店を見て回る。

「やっぱり、納品対象の素材アイテムが軒並み、値上がりしているなぁ……」

納品クエストの一日の回数制限の緩和やNPC店舗でのアイテム作成システムなどの実装で、飽和気味だった素材アイテムの使い道が増え、それに伴い市場価格が上がっているのだ。

もうしばらくしたら、OSOの露店から生産素材が消えるかもしれない。

「うーん。そうなると、後々必要になりそうな素材は残して、納品クエストに回す数を抑えた方がいいかなぁ」

そんなことを考えていると、俺にフレンド通信がかかってくる。

「おっ、ベルからだ。どうしたんだ？」

『ユンさん、こんにちは～。今、いいかな？』

ベルからのフレンド通信が入り、俺は大丈夫だと頷《うなず》くと、早速用件を伝えてくれる。

『協定の方で手伝いを頼まれたから、ユンさんが行ってくれない？』

レティーアが目指すふれあい広場作りに協力してくれるプレイヤーたちとの間で結ばれた協定――そこに手伝いの依頼が入ったようだ。

「了解。詳しい手伝いの内容は？」

『狩り場に籠もってるんだけど、アイテム補充する時間がないから届けて欲しいんだって』

「それで情報とかは？」

『それは、別途メールに添付してあるよ！　それじゃあ、私は、パーティーの助《すけ》っ人《と》の方に行ってくるね！』

そうしてベルとのフレンド通信が切れ、依頼内容のメールを確認する。

「届け先のプレイヤーの名前は『オーエン』で、必要なのは……メガ・ポーション100本に、MPポットが300本って、一度【アトリエール】の在庫を取りに行かないと足りないな。場所は……スターゲートのエリアか」

スターゲートには、運営が用意した様々なエリアの他にも、シンボルというアイテムの組み合わせによって生成されたエリアにも転移することができる。

今回の配達先は、そうしたシンボルによる生成エリアの一つのようだ。

「えっと、必要なシンボルコードは……これなら行けるな」

転移先を指定するシンボルの組み合わせを確認した俺は、注文されたポーションを取りに【アトリエール】に戻り、そこからミニ・ポータルで迷宮街に移動する。

スターゲートの建屋に入り、指定されたシンボルを並べて生成されたエリアに転移する。

「よっと……ここに配達先のプレイヤーがいるんだよなぁ」

スターゲートを抜けた先では、平らな草原エリアに出るが、周囲を見回しても依頼人のプレイヤーの姿は見えない。

「ベルからのメールだと、このエリアのボスに挑んで居るみたいだから、そこまで移動しないとな。リゥイ――《召喚》！」

「きゅきゅっ！」

この広い草原エリアを移動するためにリゥイを呼び出したが、リゥイと共にザクロも一緒に出てきてしまう。

「全く……ただの配達なのに、ザクロも出てきたのか」

「きゅっ！」

俺は苦笑しながら出てきたザクロを抱え上げれば、いつものように腕伝いにスルスルと登ってフードの中にすっぽりと入ってしまう。

「リゥイは、届け先のプレイヤーを探す手伝いを頼むな」

今度はリゥイの首筋を撫《な》でるように手伝いを頼むとコクリと頷き、俺が乗りやすいように背を向けてくれる。

そうしてリゥイの背に付けた鞍《くら》に跨《また》がり、軽く走らせながら辺りを見回して、届け先のプレイヤーを探す。

「どこにいるんだ？　って言うか、ベルしか連絡先は知らないんだよなぁ」

ぼやく俺は、このエリアに入るためのスターゲートのオブジェクト周辺に居ないならば、エリアボスの近くに居るのでは、と当たりを付けてリゥイを走らせる。

そうして俺がスターゲートから離れてしばらく進むが、なにやらこのエリアに出現する敵ＭＯＢが少なく感じ、首を傾《かし》げる。

「敵ＭＯＢが疎《まば》らだな。狩り場に籠もってる、って言ってたからこの近くに居るのかな？」

倒した敵のリポップ待ちなら、周囲に敵が少ないのにも納得する。

そうしてアイテムの配達先を探していると、風に乗って甘ったるい匂いを感じ、続けて後ろの方から何やら大きな地響きが聞こえてくる。

「うん？　なんか、嫌な予感がするんだけど……」

恐る恐る振り返った俺たちが見た物は、このエリアで出現する敵ＭＯＢたちが大軍となって押し寄せてきている姿だった。

「ちょっ⁉　なんだ、あれ⁉　リゥイ、走れ！」

まるで、高原エリアで発生する暴走状態の敵ＭＯＢのような集団から逃げるようにリゥイを走らせる。

「きゅぅ～」

敵ＭＯＢの集団移動で起きた地響きですっかり怯《おび》えてしまったザクロが、俺の首に尻尾を巻き付けてくる。

ザクロの柔らかな尻尾に口元が埋もれながらも背後を振り返った俺は、原因を確かめる。

「あ、あれは――【誘引香】⁉」

敵ＭＯＢの集団の先頭には、ヴェロー・ラプトルという騎乗可能な恐竜型ＭＯＢの背に乗ったプレイヤーが居《お》り、敵ＭＯＢを惹《ひ》き付ける【誘引香】の匂いを振りまきながら走っているのだ。

「効率重視の狩りをするために、トレインまでやるのか⁉」

シンボルコード先のエリアは全プレイヤー共有ではあるが、そのエリア内に他のプレイヤーが居なければ独占状態で利用できる。

そのため、普通の共用エリアでは迷惑になるトレインと呼ばれる大量の敵ＭＯＢを引き連れる行為も、狩りの効率化のために行なうことができるのだ。

そして――

「あっ！　他のプレイヤー⁉　悪いけど、トレイン中なんだ！」

相手も前方を走る俺とリゥイの姿に気付いたのか、地響きがする中で大きな声を上げている。

「あんたは、オーエンさん？　ベルに頼まれてアイテムを届けに来たんだけど！」

こちらも地響きの中で負けじと声を張り上げれば、それだけで相手は嬉《うれ》しそうに声を上げる。

「ありがとう！　ちょうど、エリア内のＭＯＢを集め終えたところだから、仲間のところに誘導するよ！」

そう言うオーエンさんと彼の乗るヴェロー・ラプトルに誘導されて、俺たちもエリア内の奥地を目指す。

そして、エリアの奥地――おそらくこのエリアのボスが出現する場所の手前でオーエンさんのパーティーメンバーたちが待ち構えていた。

「一気に駆け抜けて！　後は、俺たちで処理するから！」

「はい！」

そうして、オーエンさんと共にパーティーメンバーたちの間を通り抜けた直後、背後ではトレインによって集めた敵ＭＯＢを倒すための魔法が使われ始める。

「――《ストーン・ウォール》！」

俺もよく使う土属性の防御魔法だが、セイ姉ぇのように事前に複数の魔法を用意していたのだろう。

複数の石壁が次々と迫《せ》り上がり、半円状の形となって敵ＭＯＢの集団を受け止める。

そうして、【誘引香】によって集められた敵ＭＯＢたちが一纏《ひとまと》めになったところで今度は、別の魔法使いが範囲魔法を唱える。

「――《フォール・ライトニング》！」

集めた敵ＭＯＢの集団の頭上に黒雲が発生し、バチバチと帯電したかと思うと、幾条もの雷が落ちていく。

それを皮切りに他の魔法使いたちも範囲魔法を放って、集めた敵ＭＯＢたちを次々と蹴散らしていく。

敵ＭＯＢが倒れた際に光の粒子が立ち上るが、一斉に消えていくためにその粒子の密度が濃く、その部分だけ輝いているように見える。

なんとも現実感のない光景を眺めていると、【誘引香】によって集めた敵ＭＯＢが消えており、どうやら戦闘は終わったようだ。

「あー、気持ちよかった！　やっぱり、大軍を魔法で一掃できるのは楽しいわよね」

「今のでレベルが一つ上がった。やっぱり範囲魔法で一掃するのが経験値効率いいわ」

「あと5分でボスＭＯＢがリポップするけど、ＭＰ回復のアイテム足りないから長く休憩取る？」

そんなトレイン狩りの様子に唖然《あぜん》となる俺に、狩り場に居るプレイヤーたちが改めて気付いたのか声を掛けてくる。

「あー、オーエンに誘導されて来た子？　なんか、巻き込んじゃってごめんね」

「あっ、えっと……」

どう言葉を返せばいいか戸惑う俺に、ここまで誘導してくれたオーエンさんが声を掛けてくれる。

「この子は、俺が頼んでたポーションを配達しに来てくれたんだよ」

「えっと、はい。メガ・ポーション100本とMPポット300本の配達に来ました」

俺がそう答えると、トレイン狩りをしていたプレイヤーたちから歓声が沸き起こる。

「やったぁ！　これでまだ戦える！」

「ちょっと待って！　まずは、ポーションの質と値段を確かめないと！」

ワイワイと話しながらも俺がインベントリからポーションを取り出して値段を提示すると、全員が驚き目を剥《む》く。

「ちょっ、ポーションの性能高っ⁉　この品質のポーションを狩りの時に使うなんて勿体《もったい》ない！　冬イベ後半用に取っておきたいくらいだよ！」

「それに値段も安い！　本当に売ってくれるの⁉」

「値段は、間違ってないですよ。俺の店でも同じ値段で売ってますし」

俺がそう説明しながらポーションを販売する中で、他の狩り仲間のプレイヤーたちからオーエンさんが詰められていた。

「ちょっと。配達に来てくれた子、調合系のトップ生産職の名前と同じだけど、どうなってるんだよ！」

「そうだよ！　ポーション足りないからってどっかに連絡したかと思えば、どういう人脈でトップ生産職の子本人が直々にポーション配達に来てくれるんだよ！」

「いやぁ、冬イベ中に協定を結んでるプレイヤーに相談したら、届けてくれたんだよなぁ」

あははは っ、と乾いた笑みを浮かべるオーエンさん。

オーエンさんはソロの調教師プレイヤーで、知り合いのプレイヤーたちとパーティーを組んでトレイン狩りでのレベリングに協力していたようだ。

その際に、ポーション不足で狩り場から町に戻るのが面倒だからと、協定を結んでいる俺たちにポーション配達を頼み、ちょうど時間の空いていた俺に役目が回ってきたようだ。

仲間たちにも俺たちと結んでいる協定について説明すると全員が納得してくれると共にポーションを届けてくれたことを感謝してくれる。

そして、最後に——

「ポーションの配達と販売ありがとうな。それとレティーアちゃんたちの作るふれあい広場、楽しみにしてるよ」

お礼と共にレティーアのふれあい広場に期待を寄せる言葉を貰《もら》った俺は、嬉しい気持ちになりながら帰った。

余談であるが、ポーションを届けてもらったプレイヤーたちがリゥイに乗って去る俺を見送る時、話し合いをしていた。

「ポーションの配達、有り難《がた》かったよね」

「それにユンちゃんと子狐《こぎつね》ちゃん、それと一角獣《ユニコーン》の子が可愛《かわい》かったよね」

「あんな子たちが沢山いる癒やし空間を作るんだよな」

「俺たちもポーションの配達のお礼で協力したいよな」

本来は、オーエンさん個人がふれあい広場作りに協力してくれる予定だった。

だが、密《ひそ》かに俺のファンとなり、品質のいいポーションを配達してくれたことを恩だと感じた彼らもふれあい広場の完成に協力するために、オーエンさんと一緒にクエストチップを提供してくれるのだった。

●

レティーアのギルドエリア作りで協定を結んでいるプレイヤーは沢山いると言っても、

レティーアやベルの知り合い全員から依頼が来るわけではない。

それでも毎日、誰かしらから手伝いを求めるメッセージが届く。

内容は、パーティーの欠員補充やアイテムの配達、クエスト攻略など……

メッセージの受け取り先であるエミリさんとベルが内容を精査し、俺たちの中から最適な相手を送り出す。

中には、俺たちが直接手伝えない時も、協定を結んでいるプレイヤー同士を互いに紹介することで彼らの手助けをしている。

そうした協定の手伝いと並行しながら、個々人でクエストチップ集めを行なう平日を乗り越え、金曜日の夜がやってきた。

「明日から週末。全員が長時間ログインできるし、ここで沢山のクエストチップを集めたいわよね」

夜の遅い時間帯にログインした俺たちは、【新緑《しんりょく》の風《かぜ》】のギルドホームに集まって明日以降の打ち合わせをしていた。

「今の手持ちは――金チップ25枚相当。土日でガッツリ稼ぎたいよな」

今週は、協定の手伝いで時間を取られたために、クエストチップの稼ぎは悪かった。

今のペースのままだと、冬イベ前半期間に金チップ50枚が集まるかギリギリである。

そのため長時間ログインできる週末には、なるべく多くのクエストチップを稼いでおきたいと考えているのだ。

「明日から、どんなクエストを受けましょうか？」

「やっぱり普段できないクエストがいいよな。討伐系とか、連鎖《チェーン》クエストなんかは多く報酬が貰えるよな」

レティーアがみんなに意見を聞いてくるので俺は、自分が受けたいクエストの種類を口にする。

「討伐系は賛成だけど、連鎖《チェーン》クエストは避けた方が良《い》いわね。一連のクエストを最後までクリアできれば報酬は美味《おい》しいけど、中途半端《ちゅうとはんぱ》な攻略だと逆に時間効率が悪いのよ」

そんな俺の意見にエミリさんも自分の考えを述べて、ああでもないこうでもないと、どのクエストを受けるか話し合う。

そんな時、ベルの所にフレンド通信のメッセージが届く。

「あっ、クロードさんからのメッセージだ」

その呟《つぶや》きが聞こえ、俺たち全員が身構える。

最近は、協定を結んだプレイヤーたちから手伝いを頼まれるメッセージが届いている。

クロードもレティーアのふれあい広場の計画に協力してくれる一人であり、このタイミングで明日の手伝いを頼まれれば、週末の貴重な稼ぎ時が減ってしまう。

どうか、違ってくれ、と内心祈るが――

「明日一日、私たち全員で【コムネスティー喫茶洋服店】の臨時店員を頼まれた」

困ったような笑みを浮かべるベルからの報告を聞き、俺は天井を仰ぐ。

「折角の週末の稼ぎ時が……」

「ま、まぁ、明日一日だけだし、日曜日は空いているわよ」

クロードからの手伝いの要請に落胆する俺に、エミリさんが慰めの言葉を掛けてくれる。

その一方でレティーアは、【コムネスティー喫茶洋服店】の名前を聞いて、目を輝かせている。

「コムネスティー！　お菓子の美味しいお店です！」

「レティー。その店員としてお手伝いするから、お店の商品の摘まみ食いはなしだよ～」

「……そう、ですか」

食欲を漲《みなぎ》らせるレティーアをベルが窘《たしな》めると、露骨に気を落としている。

そんなレティーアの様子に俺とエミリさんも苦笑を浮かべ、クロードからの依頼のメッセージを共有する。

「どうやら、クリスマス前の繁忙期で人手が欲しいみたい」

ベルの言うとおり、クロードは事前にお店の人手を確保していた。

だが、明日だけは緊急で人手が不足してしまい、またクロード自身も駆け込みでの防具の作成や修理、アップグレードなどの依頼があって忙しいらしい。

そこで手伝いを頼める俺たちに依頼を出したようだ。

「時間は、朝の10時から夕方の5時までかぁ。この時期は、クリスマスケーキの販売とかもやってるから忙しいだろうな」

「まぁ、クロードさんもギルドエリア作りの協力者だからね。協定は守らないと」

俺とエミリさんが溜息《ためいき》を吐《つ》きつつも、クロードの事情に納得する。

「それじゃあ、クロードさんに了承の返事をしておくね！」

ベルがクロードへのメッセージを送っている横で俺は、今度はどんな服を着せられるか不安になる。

できれば、コムネスティー喫茶洋服店で接客をしているラテムさんやカリアンさんのような普通の喫茶店の制服がいい、と希望を抱く。

だが、希望通りにはならないだろうな、とも思いながら、その日はログアウトする。

そして翌日——10時からの【コムネスティー喫茶洋服店】の手伝いに間に合うように、

早めの9時半にログインしてお店にやってくれれば、既にエミリさんとベルが居た。

先にエミリさんが俺に気付き、続いてクロードのパートナーのクツシタに構っていたベルもこちらに気付いて顔を上げる。

「ユンくん、おはよう」

「ユンさん、おはよう～」

「エミリさん、ベル、おはよう。レティーアとクロードは？」

俺がレティーアと肝心の依頼主であるクロードの居場所を尋ねると、二人が教えてくれる。

「クロードさんなら、お店の奥の方に今日使う衣装とかを取りに行ったわ」

「レティーはまだログインしてないみたい。さっき、メッセージが来たからそろそろ来るんじゃない？『ウニャッ！』ああっ――」

二人から今の状況を教えてもらう中で、ベルに抱えられていたクツシタがスルリと腕から抜け出して、名残惜しそうな声を出している。

クツシタが床に着地すると共に、俺のパートナーのリゥイとザクロ、プランも勝手に召喚石から現れる。

「ブルルルッ……」

「きゅっ！」

「おはよー！」

リゥイとザクロは、クツシタと鼻先を擦《こす》り合わせるように挨拶を交わし、プランは全身でクツシタに抱き付きに行っている。

使役MOBたちの触れ合いで更に表情がニヤけるベルを横目に、クロードが戻ってくるのを待つ。

そして、俺に少し遅れてレティーアもパートナーの使役MOBたちを引き連れてやってきた。

流石《さすが》に大型MOBであるガネーシャのムツキは召喚していないが、レティーアの周りには、草食獣のハルやミルバードのナツ、ウィスプのアキ、風妖精のヤヨイ、EX《エクストラ》スキル【幼獣化】によって小型化できる水竜のウヅキとコールド・ダックのサツキがおり、一気に賑《にぎ》やかさが増す。

「おはようございます。遅れましたか？」

「いいえ、時間通りよ。だけど……」

「はぁ、幸せ。ここに、モフモフパラダイスができちゃってるよ！」

レティーアの到着に伴い、使役MOBたちが合流した賑やかさにエミリさんが表情を引き攣《つ》らせ、ベルは締まりのない表情で迎え入れる。

そんな中で、店の奥に行っていたクロードも戻ってきたようだ。

「むっ……」

戻ってきたクロードは、流石に大勢の使役ＭＯＢたちが集まる光景に一瞬、面食《めんく》らうが、すぐに思案げな顔に変わってポツリと呟く。

「使役ＭＯＢも上手《うま》く客引きに使えるか。なら、スペース確保のために、店内のレイアウトを一部変更するか」

「いや、この状況を受け入れるのかよ」

思わずツッコミを入れる俺だが、クロードはむしろこの状況を積極的に利用しようと決めたようだ。

「急に手伝いを頼んですまなかったな。本当に助かる」

そうして改めて俺たちに顔を向けるクロードは、全員に軽く謝罪と感謝をしてくる。

「まぁ、レティーアのギルドエリア作りに協力してくれるからいいけど……」

俺がそう言葉にすると、クロードの表情がふっと和らいで笑みを零《こぼ》す。

「もちろんだ。それに急な手伝いで一日拘束するわけだ。手伝いの報酬として、金チップ5枚を渡そう」

「金チップ5枚⁉」

エミリさんが口元に手を当てながら驚きの声を上げる。

俺たちが丘陵エリアで探索して得られたクエストチップが金チップ2枚相当だったことを考えると破格の報酬である。

レティーアとベルも予想以上の報酬が貰《もら》えると知って、小さく喜び合う中で、俺一人がクロードを胡乱《うろん》げな目で見る。

「クロード。どこにそんなクエストチップがあるんだ？」

今までの付き合いから、ギルドエリア作りで提供してくれる分とは別だとは思うが、どこでそんなにクエストチップを集めたのか疑問に思う。

そんな俺の疑問に、クロードがニヤリと不敵な笑みを浮かべて教えてくれる。

「金には困っていないからな。イベント期間中の急な依頼には、追加料金としてクエストチップで支払ってもらっているだけだ」

クロードも冬イベを楽しみたいが、裁縫師として長々と防具の作成依頼に拘束されたくない。

そのためイベント期間中の急な依頼では、クエストチップを追加料金として貰って稼いでいるようだ。

「へぇ、それはいいな。うちの【アトリエール】でもできないかな？」

「OSOの通常の売買では、クエストチップでの支払いはできない。あくまでもアイテムトレードのシステムを利用しただけだ」

クロードの補足を聞いた俺は、金チップ5枚も払えるカラクリに納得する。

俺も【完全蘇生《そせい》薬】1本を銀チップ3枚くらいの値段でタクに売りつけようかな、などと考える。

「さて、全員が報酬に納得したところで着替えてくるといい。衣装は、奥の試着室に置いてある」

そしてクロードに促された俺たちは、それぞれが試着室に入り、中に置かれた衣装を手に取る。

「これは……ええい！　男は度胸だ！」

俺は若干やけくそになりながらも、置かれていた衣装に着替えて、試着室から飛び出す。

俺に少し遅れて出てきたエミリさんたちの姿を見れば、全員が同じ衣装だと分かる。

肩周りが膨らんだ黒色のロングスカートのワンピースと、肩や裾にフリルをあしらった純白のエプロン、そして頭部に付けられたヘッドドレス。

——紛れもないメイド服である。

「素晴らしい！　やはり、俺の見立ては間違いでは無かった！　可憐《かれん》さと貞淑さを併せ持つクラシックタイプのメイド服。それが人数が集まると圧巻だな！」

そんな俺たちの姿を見て絶賛するクロードに俺は、思わず睨《にら》み返してしまう。

だが、抵抗の意志を持つのは俺一人だけのようで、エミリさんたちはメイド服を着ることに満更ではない様子だ。

「……ちょっと憧れてたのよね。可愛《かわい》い」

ＯＳＯではメガネを掛けていないが、メイド服の付属品として用意されていたメガネを掛けたエミリさんは、姿勢が良《い》いためかメイド服を格好良く着こなしている。

「メガネを掛けたエミリさんは、できるメイドさんっぽくてカッコ可愛いです」

「うんうん！　知的なメイド長って感じがする！」

レティーアとベルに褒められたエミリさんは、可愛いメイド服を着られた嬉《うれ》しさと褒められた気恥ずかしさから顔がほんのりと赤い。

次にレティーアが自身の姿を見下ろす。

「私は、スカートが長くて、ちょっと大きい気がします」

俺たちよりも小柄なレティーアには、相対的にスカート丈が長く感じるのだろう。

メイド服のスカートを摘まみ上げるレティーアは、確かに着せられた感じはある。

だが、それもまたレティーアの可愛さや庇護《ひご》欲に繋《つな》がっているのだ。

「そんなことないよ！　レティーも可愛いよ～」

そんなレティーアにぎゅっと抱き付くベルは、ピコピコと猫耳と尻尾を動かして元気の良さを感じさせる個性を発揮している。

同じメイド服でも三者三様の魅力があり、またメイド服を嫌がっていないのだ。

そして、３人の視線が俺に集まり——

「ユンくんも、似合っているわよ」

リアルを知っているエミリさんからの言葉に俺は渋い表情を作るが、それに気付かないレティーアとベルも褒めてくる。

「ユンさんも素敵です。とても面倒見がいいメイドさんって感じです」

「そうそう、安心できる雰囲気のメイドさんって感じだよね～」

レティーアとベルは、メイド姿の俺から安心感を感じ取ったようだ。

そんな二人の感想を聞いたクロードは、ぼそりと呟《つぶや》き……

「つまり……保母さんと」

「「それです（だ）！」」

「それだ！　じゃないって、全く……」

クロードの呟きに合わせたレティーアとベルの言葉に、反射的に突っ込んでしまう。

そんな俺たちのやり取りが面白かったのか、エミリさんがクスクスと笑っている。

「これも金チップのため、これも金チップのため……」

メイド服を着るのは不服ではあるが、受け入れるための自己暗示を掛けて、自身の頬を軽く叩《たた》いて気合いを入れる。

「よし——それじゃあ早速、開店の準備をするか？」

「いや、季節感が欲しいからな。クッシタたちにも手伝ってもらおうと思う」

そう言うクロードは、自身のインベントリから小さな小物を取り出してくる。

「これは、サンタ帽とトナカイのカチューシャ？」

「こっちは、赤と緑のチェック柄のケープかしら」

人間用にしては小さいクリスマスグッズに俺たちは、首を傾《かし》げる。

「クリスマスらしいだろ。これをクッシタたちに付けるんだ」

そうして自身のパートナーであるクッシタの頭に赤いサンタ帽子を載せ、首には金色のベルの付いたリボンを巻けば、クリスマスの雰囲気を感じさせる。

「きゃぁぁぁっ！　可愛い！　全員にクリスマスコスさせるの⁉」

歓喜の声を上げるベルは、目をキラキラと輝かせてクロードに問い掛ける。

「ああ、これだけの使役MOBたちが全員クリスマスの小物を身に纏《まと》えば壮観だろう」

「うちの子が可愛くなる姿、見たいです」

クロードの言葉にレティーアも乗り気で、ベルと一緒に自身のパートナーたちにクリスマスグッズを着せていく。

そして、それに便乗してイタズラ妖精のプランも勝手にチェック柄のケープを羽織り、マントのようにバサバサと広げてキャッキャと楽しそうに笑っている。

その際に、プランの妖精の羽がケープに干渉せずに透過しているのを見て、ファンタジーだなぁ、などと思ってしまう。

そんな周りの様子に、リゥイとザクロも羨ましそうに見てくるので俺も苦笑を浮かべる。

「まぁ、季節の行事は楽しまないとな」

そう呟きリゥイの頭にはトナカイカチューシャを、ザクロの頭には小さなサンタ帽を載せれば、二人とも似合っている。

「さて、ユンは知っているだろうが、軽く店の動きを確認しようか」

そうして店での衣装が整えば、クロードが音頭《おんど》を取りながら店内での動きを確認していく。

会計や作り置きされた料理アイテムを用意する仕事は、クロードが雇用した店員NPC

が引き受けてくれ、俺たち4人はホールでの接客を担当する。

ちなみに、なぜ接客を店員NPCに任せないのかと言えば、クロードの謎の拘《こだわ》りらしい。

「さて、これで一通りの確認は済んだな。俺はこれから工房の方に籠もる。店は任せたぞ」

軽い打ち合わせを終えたクロードは、裁縫師としての依頼をこなすために工房の方に向かう。

そして、いよいよ【コムネスティー喫茶洋服店】の開店の時間が近づく。

「ちょっと緊張してきました」

緊張で表情の強《こわ》ばるレティーアにパートナーの使役MOBたちが心配そうに顔を見上げる中、俺とベルが励ます。

「コムネスティーでの接客は経験者の俺がサポートするから、伸び伸びとやればいい」

「大丈夫だよ。みんな、レティーを受け入れてくれるよ」

俺とベルの言葉を受けて前を向くレティーアを見て、エミリさんは大丈夫だと確信したようだ。

「そろそろお客さんが来るわ。全員、笑顔で出迎えるわよ！」

その合図と共に、今日最初のお客さんに向けて笑顔で声を揃《そろ》える。

「「「――いらっしゃいませ！」」」

メイド服の俺たちとクリスマス衣装のリゥイたちが出迎える姿に、お客さんは面食らったように驚く。

だが、すぐに【コムネスティー喫茶洋服店】だから、と楽しそうに受け入れてくれる。

俺たちは、サプライズが成功したような手応えを感じつつ、お客さんを席へと案内するのだった。

●

プレイヤーのお客さんを接客しつつ、初めて喫茶店の手伝いをするエミリさんたちにも仕事を教えていく。

来客の少ない午前中にはエミリさんたちも一通りの仕事を覚え、お昼休憩を挟んだ午後からは来客も増えて全員が忙《せわ》しなく接客をしていく。

「いらっしゃいませ。ただいま席に案内しますね。ユンくん、7番テーブルに運んでちょうだい」

「エミリさん、了解！　レティーアとベルは、お皿を片付けて！」

テキパキと安定感のある仕事ぶりをみせるエミリさんの指示を受けた俺は、注文の入ったテーブルに商品を運ぶ。

「お待たせしました。こちらが限定クリスマスケーキとフルーツタルト、紅茶になります。クリスマスケーキは、どちら様でしょうか？」

「あっ、私です」

俺は、丁寧な接客を心掛けてケーキをテーブルに並べていく。

そして、最後に一言――

「どうぞ、ごゆっくり」

笑顔を意識しながら軽い会釈《えしゃく》をすると、接客を受けたプレイヤーたちは、ぽーっとした表情で俺を見詰めていた。

『メイドさんって、可愛いね』

『それに丁寧に接客してくれるし、みんなが働いている姿が気持ちがいいよね』

プレイヤー同士のヒソヒソ話を気にも留めずに接客する俺だが、段々と笑顔で接客するのに疲れてきた。

「はぁ、流石《さすが》に長時間の接客は疲れる」

「ユンさん、ユンさん。笑顔だよ、笑顔！」

客に見えない場所でこっそりと表情を崩す俺に、ベルが笑みを浮かべて元気付けてくる。

その笑顔に少しだけ元気を貰《もら》った俺は、自然と表情が緩むのを感じる。

「ありがとう、ベル。よし、もう一頑張りするか」

そんな俺たちに注目していた来店客の声が一瞬止まって、また小声での話し声が聞こえる。

『ユンちゃんの笑顔、破壊力しゅごい……』

『単なる接客の笑顔じゃなくて、やるぞって感じの表情が尊い』

『ふとした時に見せる表情のギャップ、本当にズルいよ』

コソコソと話すお客さんたちの言葉の意味が分からず小首を傾げる俺を見てベルが、ユンさんはそのままで居てね、と呟き、新たに来店したプレイヤーを席に誘導する。

「いらっしゃいませ！　って、わぁ、みんな来たの？」

「ベルさんがメイド服を着てるって聞いて来ちゃいました！」

「嬉しいなぁ！　どうかな？　可愛いでしょ！」

「はい、とっても可愛い猫耳メイドです！」

「それじゃあ、席に案内するね」

知り合いのプレイヤーがやってきたのか、ベルは軽い言葉を交わしている。

俺たちの中で一番親しみのあるベルは、生き生きと接客している。

その一方で、レティーアは、退席したお客さんの食器を片付けて運んでいるが若干危なっかしい足取りをしている。

そして——

「あっ——」

「——《キネシス》！」

着慣れていないロングスカートのワンピースに足を縺《もつ》れさせたレティーアが転びそうになるのを俺は、【念動】スキルを使ってレティーアと持っていた食器を支える。

「……ふぅ、危なかった」

ホッと安堵《あんど》の吐息を零《こぼ》す俺に遅れて、エミリさんがレティーアに駆け寄る。

「ユンくん！　レティーア！　大丈夫!?」

「はい、ユンさんのお陰で転ばずに済みました」

そう言って再び食器の片付けに戻るレティーアが運び終えて、俺とエミリさんにドヤ顔を向けてきて、苦笑を浮かべる。

そんな俺たちのやり取りを見守っていたお客さんたちからも安堵の声が漏れる。

『ビックリした。転ぶかと思った』

『でもユンちゃんがフォローに入ってくれてよかったね』

『やり遂げてドヤ顔のエルフ、可愛《かわい》いなぁ。頭撫《な》で回したい』

小柄なエルフのレティーアが危なっかしくも一生懸命に働く姿は、お客さんたちからも可愛いと思われたのか、静かに見守られる。

『きゃぁ～、可愛い～』

『おーい、こっち向いて～』

そして、店内の視線を俺たちと二分するクリスマスコスチュームを付けたリゥイたちに投げ掛けられる声が聞こえる。

客にサービスするように店内を歩くクロードのクツシタを筆頭に――

赤と緑のケープを羽織ったイタズラ妖精のプランと風妖精のヤヨイが空中で手を取り合ってキラキラと輝く妖精の鱗粉《りんぷん》を振りまき――

サンタ帽やトナカイカチューシャを被《かぶ》ったリゥイやザクロたち使役MOBたちがオープンテラスで寛《くつろ》いでいる。

『あははっ、可愛い～』

『クリスマスケーキ販売中かぁ、折角だし、買って行くかな』

『おーい、君たち、お菓子あげるからモフモフさせて～』

「お客様～、メイドさんと可愛い使役MOBたちへのおさわりは厳禁だよ～」

そのような呟《つぶや》きや声にベルがやんわりと注意しつつ、最も忙しい3時のおやつ時を過ぎ、ようやく客足が減り始めたところで全員が一息吐《つ》く。

客前で維持していた緊張感が解けて、レティーアとベルは少しだけ格好を崩す。

「接客なんて初めてで大変でした。でも楽しかったです」

「レティーは、一生懸命やっていたよね～。私も疲れたけど楽しかったよ！」

そんなレティーアとベルの会話に、良かった、と思っていると、【コムネスティー喫茶洋服店】に見知ったプレイヤーがお客さんとしてやってきた。

「いらっしゃいませ！　あっ、マギさん！」

「おっ、ユンくんたちがメイド服着てる！　みんな凄《すご》く可愛いし、似合ってるわよ！　けど、クロードに無理矢理着せられてない？」

「一応、無理矢理じゃない、かな？」

クロードに不満があるならお姉さんが代わりに言うよ、と言ってくれるマギさんに俺は、苦笑を浮かべながらも理由を説明する。

「なるほど、人手不足で手伝っているのね。だけど、クロードは拘りが強いからそうなるのよ」

ＮＰＣの店員で回せばいいのに、と呆《あき》れるマギさんに俺もそう思う部分はある。

だが、喫茶店の制服は、洋服店の宣伝でもあるために特に拘りが強いのだろう、とも思う。

「美味《おい》しそうなケーキがあるわね。このケーキと紅茶をお願いできるかしら？」

「畏《かしこ》まりました。ただいま用意しますね」

店のショーケースに並ぶケーキを眺めて注文するマギさんは、カウンター席に座る。

注文を受けた俺も少し格好付けたように言うと、互いにおかしく感じたのかクスッと笑みが零れてしまう。

「はぁ、ケーキ美味しそうですね……」

そして、マギさんの注文したケーキを見たレティーアが物欲しそうな顔で見つめてくるので、俺はレティーアとベルに提案する。

「レティーアとベルも休憩しなよ。今、ケーキと飲み物を用意するからさ」

俺が二人に休憩するように勧めると、驚いたように目を見開いている。

「いいんですか？」

「今はお客さんも少ないから私とユンくんで回せるから休みなさい」

エミリさんの言葉を受けて素直にマギさんと並ぶようにレティーアとベルがカウンター

席に座る。

そして俺は、そんな二人を労《ねぎら》うためにケーキと紅茶を用意し、接客をする合間にマギさんと世間話をする。

「そう言えば、マギさんがクロードのお店に来たってことは、何か用があったんですか？」

「いいえ。冒険から帰って一段落付いたから、休憩のために来ただけよ」

「ちなみにマギさんは、どこに行っていたんですか？」

俺とマギさんとのやり取りを聞いていたベルが横から踏み込んだ質問をする。

「ちょっとドワーフの国まで行ってきたのよ」

「『ドワーフの国？』」

俺とベルが小首を傾《かし》げるので、マギさんが説明してくれる。

「ちょっと前にユンくんたちと一緒に【緋生金石《ひしょうきんせき》】ってレア鉱石を手に入れたから、その使い方をドワーフの王に聞きに行ったのよ」

荒野エリアの地下に広がる地下渓谷の奥には、ドワーフの国である岩窟都市がある。

その岩窟都市で一番の鍛冶師がドワーフの王・ドーヴェというＮＰＣだ。

「それで、何か分かりました？」

「いや、全然分かんなかった！」

あっけらかんと言うマギさんの言葉に俺とベルが唖然《あぜん》とするが、マギさんは、でも、と前置きする。

「岩窟都市でもクエスト掲示板があったたし、ドーヴェの工房でも装備作成ができるようになっていたのよね」

「へぇ～、そうなのか」

「それでドーヴェの工房で作成可能な武器リストの中に作ってみたい武器があったから、武器レシピを教えてもらえたのよ」

どうやら、薬屋のオババから【中級薬師技術書】というレシピ本を購入できたのと同じように、ドワーフ王のドーヴェからも鍛冶系のレシピを購入できたようだ。

ドーヴェの場合には、貢物《みつぎもの》によって好感度を上げることで教えてもらえるレシピの範囲が徐々に解禁されることもマギさんから教わる。

「それで、岩窟都市にあったクエストと並行して武器作りに必要なレア素材を集めてたのよ。ただ、レア素材が足りないからまた集めに行かなきゃ」

「お疲れ様です」

楽しそうに語ってくれるマギさんに、俺が労いの言葉を掛ける。

そんなマギさんの話をジッと聞き入っていたレティーアがポツリと呟く。

「……他の町のクエストですか。それには、興味がありますね」

「今度、別の町も調べに行く？　もしかしたら、穴場の固有クエストがあるかもしれないし」

レティーアの呟きに、ベルが同意の言葉を返す。

確かに、第一の町の周辺で受けられるクエストの中には、いくつかの稼ぎに向いたクエストがある。

だが、そうしたクエストや稼ぎ場は周知されているために、他のプレイヤーたちと獲物の奪い合いが起こり、逆に効率が落ちてしまう。

だが、プレイヤー密度の低い難易度の高いエリアの町で稼ぎに向いたクエストを見つけられれば、大きくクエストチップを稼げるかもしれない。

「明日にでも岩窟都市に行ってみる？」

他の町のクエストを調べたいレティーアとベルの話を聞いていたエミリさんが、ホールの注文を受けて戻ってくる時に、そう聞いてくる。

そして、エミリさんと入れ替わるように、今度は俺がホールの接客に戻る。

そうして、マギさんがお茶を楽しんで帰っていくのを見送り、俺とエミリさんもレティーアとベルと交替して休憩に入る。

その後、【コムネスティー喫茶洋服店】の閉店前に日中の冒険を終えて帰ってきたプレイヤーたちが来店して再び客足が戻ってきた。

最後の一頑張りと、俺たちは全員で接客をやり遂げて、午後5時――【コムネスティー喫茶洋服店】の閉店時間がやってきた。

客引きでお店のテラスに居たリゥイたちを店内に移動させてから閉店する。

「今日一日、お疲れ様。本当に助かった」

店の奥から顔を出したクロードは、約束の報酬として金チップ5枚と、俺たちが身に着けるメイド服、リゥイたちに身に着けさせたクリスマスコスチュームも渡してくる。

「ふぅ、疲れた。ボス戦よりも疲れたかも……」

「慣れなんだろうけど、社会人って大変なんだなぁ」

疲れすぎてメイド服から着替えるのも億劫《おっくう》な俺たちが近場の椅子に座って休んでいると、リゥイたちが心配そうに寄り添ってくれる。

そんな疲れ切った俺たちを労うために、クロードが有り難《がた》い提案をしてくれる。

「ケーキやお茶も飲み食いして、しばらくは店内でゆっくり休むといい」

「本当ですか⁉　では、接客してて気になっていたあのケーキやそのケーキが食べられるんですね！」

「それじゃあ、疲れてるユンさんたちの代わりに私がお茶淹《い》れるね！」

比較的元気なレティーアがケーキを、ベルがお茶をそれぞれ用意してくれる。

テーブルに着いてお茶とケーキを嗜《たしな》む俺たちは、互いに今日一日の感想を口にする。

メイド服が着られて楽しかったこと、接客は大変だったがお礼の言葉が嬉《うれ》しかったこと、ちょっとした失敗が後から悔しく感じることなど。

そうした話を共有しつつ、マギさんから聞いた話を参考にして明日は、別の町——地下渓谷の岩窟都市に行ってみることに決まった。

そうして閉店後の静かな店内では、秘密のお茶会が行なわれたのだった。

四章　【久しぶりの地底エリアと溶岩釣り】

【コムネスティー喫茶洋服店】の手伝いを行なった翌日――今日は、レティーアたちと地下渓谷の岩窟都市にクエストを探しに行く予定だ。

だが俺は、【アトリエール】でとある準備をするために早めにログインしていた。

「――《下位変換》……ふぅ、これで一通りの植物の種は準備できたかな」

「ユンさん。お願いされていた樹木の苗木と養蜂箱も順調に数が揃《そろ》っていますよ」

「ありがとう、キョウコさん」

俺は、【錬金】センスの下位変換スキルで変化させた植物の種を仕舞い、キョウコさんにお願いして育ててもらっていた苗木の生育状況を聞く。

「それじゃあ、準備は間に合いそうだな」

レティーアが作るふれあい広場には、畑や使役ＭＯＢに適した環境を作る予定がある。

そんな理想像があるギルドエリアを作り替えるのに必要な、各種薬草の種や樹木や果樹の苗木、ハチミツが採れる養蜂箱などをこっそりと用意しているのだ。

「これを渡したら、どんな顔するんだろうな」

スムーズに栽培や植林が始められるようにクリスマスプレゼントとして渡したら、エミリさんやレティーア、ベルたちは、どんな表情を浮かべるか想像して自然な笑みが零《こぼ》れる。

エミリさんたちとの約束の時間まで【アトリエール】での細々とした作業をしながら時間を潰していると、ライナとアルからフレンド通信が掛かってくる。

『ユンさん、こんにちは～。ログインしてるみたいですけど、今何やってます？』

「ライナか？　俺は、レティーアたちとの冒険前に、【アトリエール】で色々と準備してるところだぞ」

あと1時間くらいでレティーアたちが【アトリエール】に迎えに来てくれることを説明すると、アルは少し申し訳なさそうな声色でお願いを口にする。

『それなら、今から【アトリエール】に行っても良いですか？　僕たちも少し時間が空いちゃって……』

「いいぞ。俺も準備が一段落付いたところで、時間が余ってたから」

『わかったわ、すぐに行くわ！』

『ライちゃん、慌てないの！』

俺が快く二人を【アトリエール】に招くと、ライナとアルのドタバタとした音が聞こえて通信が切れる。

そんな二人の様子に苦笑する俺は、出迎えるためのお茶を用意する。

それから程なくしてライナとアルは、【アトリエール】に姿を現わす。

「ユンさん、こんにちは」

「お邪魔します」

「二人とも、いらっしゃい。とりあえず、お茶でも飲みながら話でもするか」

俺は、二人を【アトリエール】のカウンター席に座らせて、お茶とお菓子を振る舞う。

「ねぇねぇ、ユンさん。レティーアさんたちと今まで何やってたの？」

「そうだな。何から話せばいいか……」

レティーアたちと復刻ダンジョンである【暖炉のダンジョン】に挑んだり、大海原に至るための丘陵エリアにも足を伸ばしたこと……

また、4人全員が集まれない時は、個々人で地道にクエストチップを集めたり、協定を結んでくれたプレイヤーの手伝いに出向いたりしたことを話した。

その中で昨日、クロードの頼みで【コムネスティー喫茶洋服店】の手伝いでメイド服を着せられたことも話した。

「レティーアさんたちと一緒に、メイド服着たの!?　見てみたい！　スクショとかないの⁉」

「勘弁してくれ。あっ、けど、客寄せでリゥイたちにクリスマス衣装を着せたスクショはあるけど、見るか？」

「見る！」

メイド服姿の俺たちの話に関心を持つライナに、クリスマス衣装のリゥイたちのスクリーンショットを見せて興味を逸《そ》らした。

そうして一通り俺たちの事を話し終えた後、今度はライナとアルから話を聞く。

「それじゃあ、ライナとアルの方は、どう過ごしてたんだ？」

「私とアルは、知り合いたちとパーティーを組んだりしてクエストチップを集めてきたわ。でも今は、他のプレイヤーたちを【迷宮街】までキャリーする手伝いをしているところよ」

「【迷宮街】までキャリー？」

疑問の声が零れた俺の反応に、ライナが頷《うなず》き返し、アルが話を引き継ぐ。

「冬イベ後半から公開される期間限定エリアに参加するには、【迷宮街】に到達してスタ一ゲートを利用できる状態にする必要がありますよね」

「ああ、そうだな」

「僕とライちゃんは、迷宮街に未到達の初心者たちの手伝いでキャリーしているんです」

「なるほど……」

確かに、期間限定エリアの参加条件を満たすために、迷宮街を目指すプレイヤーも多そうである。

「もしかして、手伝ってる相手って前に色々と教えた？」

「はい。その人たちです」

俺も知っているが、新作ＶＲゲームが発売した２ヶ月ほど前に、同じＶＲゲームとしてＯＳＯを始める新規プレイヤーが増加した時期があった。

その時期に困っている新規プレイヤーたちと出会った俺とライナとアルは、初心者支援として彼らを手助けしたのだ。

その後もライナとアルは、彼らから度々相談を受けていたようだ。

そして、今回もイベント後半の期間限定エリアに参加できるように、【迷宮街】に未到達のプレイヤーたちのキャリーを手伝っているようだ。

「それで、今は次のキャリー相手との待ち合わせまで、近場の【アトリエール】に寄らせてもらったわけ」

「まぁ、確かにここは近いもんな」

【迷宮街】に向かうためには、第一の町の南側にある湿地エリアを通る必要がある。

そして、俺の【アトリエール】は、第一の町の南門に近い場所に建っているために、待ち合わせまでの時間潰しとしてはちょうどいいだろう。

「ライナとアルも頑張っているんだなぁ」

しみじみと呟《つぶや》きながらも、俺自身がミュウたちにキャリーされながら湿地エリアを攻略したのを思い出す。

けれど、俺の呟きにライナとアルは、ちょっと困ったような表情を浮かべている。

「まぁ、何組かキャリーしているんですけど、大変だったよね」

「道中は戦闘させながら進んでるんだけど、もう少し安全に戦わせたいのよね」

「僕が蘇生《そせい》魔法を使えるからいいんですけど……彼らはまだ蘇生薬を持ってないから、僕たち抜きでも湿地エリアで安定して戦えるようにしたいんですよね」

俺は、ライナとアルの愚痴を聞きつつ、うんうんと相槌《あいづち》を打つ。

ライナとアルは、最初から最後まで守り続けるキャリーではなく、いずれは自力で湿地エリアを踏破できるように初心者プレイヤーたちに戦わせながら先導しているようだ。

ただ、その道中の戦闘で、プレイヤーたちの戦闘の安定性を上げたいと言うのだ。

「まぁ、レベリングして強くなれば、戦闘も安定するから、もう一頑張りって感じですね」

キャリーを受ける側のプレイヤーたちも、彼らを手伝うライナとアルも今は効率が悪く感じて大変だろうけど、それでもその言葉の端には楽しさが見える。

その話を聞いた俺は、二人を応援する意味も込めて、こんな提案をする。

「それじゃあ、湿地エリアでの戦闘の安定性を上げるためにも、何かアイテムを持たせた方がいいかもな」

「それはそうだけど……もしかして……」

「呪符って攻撃アイテムがあるんだ。種類によっては足止めもできるから、初心者に何個か持たせてみたらどうだ？」

近づかれて危ないと思ったら、雑にバラ撒《ま》くように投げるだけでもいいよ、と俺は勧めて二人に呪符を見せる。

この呪符は、タトゥー職人の青年プレイヤーから貰《もら》った試供品の一部だ。

俺も試しに使った中で、使いやすい呪符をピックアップして渡したのだ。

まだまだ性能には改善の余地はあるが、それでも初心者が使う分には十分な性能がある。

「へぇ、こんなアイテムもあるのね。これもユンさんの自作？」

「いや、他の生産職からの試供品。興味があるなら、売ってる場所を教えるよ」

俺がそうライナとアルに聞くと、二人は教えて下さいと言う。

今、渡した分を使ってみて、有用なら他のキャリーの時にも初心者プレイヤーたちに持たせるつもりのようだ。

「それから、蘇生薬は自前で持ってた方がいいよな。あんまり品質が良《い》いと気後れするから一番ランクの低い【劣化蘇生薬】を渡すな。とりあえず、３００本くらいあれば足りるか？」

「「ちょ、ユンさん多い、多いわよ（ですよ）！」」

驚くライナとアルは、ユンさんこういう人だった、と頭を抱えている。

「ユンさんが蘇生薬の素材を一通り栽培しているのは知ってますけど、流石《さすが》に３００本分は多過ぎですよね」

それにどこからそんなに多くの蘇生薬が……と疑問に思っているアルに俺はちょっとだけネタバレする。

「まぁ、アルの言うとおり、【蘇生薬】の重要素材の【桃藤花《とうとうか》の花びら】は、【アトリエール】でも一日30枚前後しか採れないんだよな」

「それじゃあ……」

「だから、上位の蘇生薬に【錬金】センスの下位変換スキルを使って増やすんだよ」

桃藤花の花びら1枚を使って【劣化蘇生薬】を作るよりも、高品質な蘇生薬を作って《下位変換》スキルを使えば、多くの【劣化蘇生薬】が作れる。

具体的に――【完全蘇生薬】＞【蘇生薬・改】＞【蘇生薬】＞【劣化蘇生薬】で、倍々に増えていく。

そして更に、【劣化蘇生薬】に下位変換スキルを使うことで、【桃藤花の花びら】2枚に還元することができる。

「えっと、つまり――【完全蘇生薬】1個から【劣化蘇生薬】8個ができるってこと!?」

「それに、下位変換で増やした【桃藤花の花びら】が16枚って無限増殖じゃないですか!?」

それってバグ!?　と言うように驚いているけど、そう上手《うま》くはできていない。

「残念だけど、そこまで美味《おい》しい話じゃないんだ。高品質な蘇生薬を作るには、花びらを複数枚も使うし、それ以外の素材も高価だから普通に割に合わないんだよ」

高品質な蘇生薬や蘇生薬・改では花びらを2枚、完全蘇生薬では花びらを3枚も使う。

俺の場合には、【アトリエール】や個人フィールド内で素材の大部分を栽培しているのであまりコスト面は気にせずにできることも伝えると、ライナとアルが感嘆の声を漏らしている。

二人は、そういう理由ならと素直に、大量の【劣化蘇生薬】を受け取ってくれる。

「それじゃあ、よろしくお願いします」

「それなら、ちょっと待ってくれ。今、用意するから」

俺は、値段が高すぎて売れない【完全蘇生薬】を《下位変換》スキルを繰り返して、【劣化蘇生薬】に作り替えていく。

「ああ、完全蘇生薬が……やっぱり、勿体《もったい》ないですよ」

アルの声を無視して俺が【劣化蘇生薬】を揃《そろ》える間、ライナは蘇生薬の素材である【桃藤花の花びら】を落とす木が気になるのか、【アトリエール】の窓から外を眺める。

「あっ……なんか、いる」

俺もライナの視線の先を追えば、何を見ているのか理解した。

「ああ、あいつ……来てたのか」

桃藤花の木々の根元で垂れ下がる蔓先《つるさき》に咲く花々を見上げる、紫色の子狼《こおおかみ》を見つけた。

「ユンさん？　あの小さな狼の事、知っているの？」

「知ってる、って言うか……よく分からないけど、憑《つ》いてるんだよなぁ、あの樹に」

俺は、軽く頭の後ろを掻《か》きながら、どう説明したらいいかと悩む。

レイドクエストのボスであるガルムファントムを討伐することで手に入る【桃藤花の苗木】を育てると、時折ガルムファントムに似た子狼が現れるのだ。

近づくと霞《かすみ》のように消えてしまう亡霊狼の存在は、俺以外の桃藤花の樹を育てるプレイヤーの下にも現れているそうだ。

小さな亡霊狼は、桃藤花の樹々を見守る守護霊や倒されたガルムファントムが残した善良な分霊、ボスの子ども説、ただのフレーバー的な存在などと、色んな考察がされている。

だが、結局の答えは未《いま》だに分からず、ああして時折現れるのだ。

「結局、何なんだろうなぁ……」

まぁ、遠くから見る分には可愛《かわい》いからいいけど、と思っていると、【アトリエール】の扉が開かれ、俺たちは入口を振り返る。

そこには、集合時間よりも早めに【アトリエール】に来たエミリさんやレティーア、ベルたちがいた。

「お邪魔します。あっ、ライナとアルが居ますね。調子どうですか？」

「楽しく過ごせているかなぁ？」

ライナとアルの姿を見つけたレティーアとベルが気さくに二人に話し掛ければ、嬉々《きき》として俺に話してくれたことを二人にも話す。

そんなレティーアたちの様子を眺めていると、エミリさんが近寄ってくる。

「ユンくんたちは、さっきまで何を見てたの？」

「ああ、あれを見てたんだ」

俺が再び桃藤花の樹の根元に居る小さな亡霊狼を見れば、エミリさんも、ああ、あの子かと納得してくれる。

エミリさんも鉢植えではあるが、【桃藤花の樹】を育てているために、何度か遭遇したことがあるのだろう。

「あれ、何なのかしらね」

「俺もそれ考えてた」

エミリさんの呟きに俺もそう答えると、二人してクスクスと笑ってしまう。

そうこうしている内に、花見をしていた小さな亡霊狼も満足したのか霞のようにフッと消え、ライナとアルたちも【迷宮街】へのキャリーのために出掛ける時間となる。

「それじゃあ、私たちは行ってくるわね」

「ユンさん。アイテム、ありがとうございます！」

「気をつけて、いってらっしゃい！」

そう言って軽い会釈《えしゃく》と共に【アトリエール】から出掛けるライナとアルを俺たちは見

送り、今度は俺たちの番となる。

「全員揃いましたし、そろそろ地下渓谷の岩窟都市に向かいませんか？」

「そうだな。それじゃあ、キョウコさん。店番お願いね」

ライナとアルを見送った後、レティーアから声を掛けられた俺は、【アトリエール】の畑で作業しているＮＰＣ《ノン・プレイヤー・キャラクター》のキョウコさんに店番を任せる。

「はい、気をつけていってらっしゃいませ」

そうして今度は、キョウコさんに見送られる俺たちが【アトリエール】のミニ・ポータルからドワーフたちの岩窟都市に転移するのだった。

●

「岩窟都市のクエスト掲示板って、どこにあるんだ？」

ミニ・ポータルから地下渓谷の岩窟都市にやってきた俺たちは、辺りを見回してクエスト掲示板を探す。

「あっ、ありましたよ。あっちです」

目敏《めざと》く見つけたレティーアの指差す先には、岩窟都市まで辿《たど》り着いたプレイヤーたちがクエスト掲示板を見上げている後ろ姿が見えた。

すんなりとクエスト掲示板まで辿り着いた俺たちは、書かれているクエストの内容を確認していく。

「素材の納品系は、手持ちにあれば達成できるから、素材の種類と個数はメモしておきましょう」

「うーん。この配達クエスト……報酬が美味しいけど、アイテムはどこで手に入るんだろう」

ベルが見つけた配達クエストを、俺たちも全員で確かめる。

――【配達クエスト・岩窟都市の熱売り】――
太陽石10個を調達し、北の町まで届ける。
報酬：太陽石1個、10万G
副報酬：金チップ3枚

対象のアイテムを調達して、配達するクエストにしては報酬が破格と言って良い。

興味はあるが、何か罠《わな》でもあるのではないか、と疑ってしまうが――

「なぁ、このクエストの依頼主に、ドーヴェの鍛冶屋って書いてあるから聞きに行くか？」

ドーヴェは、ドワーフの国である岩窟都市で一番の鍛冶師であり、鍛冶の王様だ。

上位の生産設備である魔導炉の購入と設置などで、お世話になったことがあるのだ。

話を聞きに行けば、何か教えてくれるかもしれない。

「そうね。詳しく話を聞いた上で、受けるか考えましょう」

俺の提案にエミリさんが同意し、レティーアとベルも異論が無いようで、俺たちはドーヴェの鍛冶屋に向かう。

「なんじゃ。お主、久しぶりに来たのぅ。何か用か？」

俺より頭一つ分小さいが、筋肉質なドワーフのおっさんが娘の少女と一緒に出迎えてくれる。

「実は、太陽石の依頼について、詳しく聞きたいんだけど……」

俺がそう尋ねるとドーヴェは、顎髭《あごひげ》を撫《な》でながら逆に問い掛けてくる。

「ほぅ、あの依頼か。太陽石は、冬が厳しい北の町に届ける物じゃ。ワシは忙しいから他のドワーフたちのために依頼を出しておったが……まぁよい。それで何が聞きたいのだ？」

「その太陽石は、どこに行ったら手に入るんですか？」

レティーアがドーヴェに聞くと、厳《いか》つい顔を顰《しか》めて答える。

「むっ⁉　おかしなことを聞く。鍛冶師の町なのだから、自分で作るに決まっておるだろう」

「あー、そう言う系ね」

ただの配達クエストがなんでここまで報酬が美味しいのか、意味が分かったエミリさんがぼやいている。

このクエストは一見すると配達クエストだが、実のところ素材の調達から生産までを全部自分たちでやらなきゃいけないのだ。

だから、報酬が高く設定されていたのだろう。

「でもでも、ユンさんが生産系センスを持ってるから作れるよね！」

ベルが興奮気味に作り方を尋ねるとドーヴェは、俺を一瞥《いちべつ》してから答えてくれる。

「そうじゃな。本来ならおいそれと作り方を教えないが……お主の頼みじゃ。ちょっと貢物《みつぎもの》の礼で教えるとしよう」

そう言って、親指と人差し指で目に見えないコップを持ち、飲むような仕草をするので、おとーちゃん、と娘からバチンと岩みたいな筋肉に覆われた体を叩《たた》かれている。

そんなドワーフの親子のやり取りに苦笑する俺は、インベントリからアイテムを取り出す。

「そう言われると思って、用意しておいたよ」

マギさんからドーヴェの話を聞いていた俺は、念のために用意していたアイテムを取り出す。

【調合】センスで作れるお酒系アイテムの【森《もり》の血命酒《けつめいしゅ》】と【霧の白精酒】を渡すと、ドーヴェは嬉《うれ》しそうに受け取り、太陽石のレシピを教えてくれる。

「分かっておるではないか！　ゴホンッ、それで太陽石の作り方だが――フレアダイト鉱石と溶融石、それからオルゴイ・コルコイの胃石を少量。それらを魔導炉で溶かし混ぜ合わせれば作れる」

オルゴイ・コルコイの胃石は、砕いて使うから1個あれば十分じゃ、とドーヴェが太陽石のレシピのアドバイスをくれる。

だが、聞き覚えのないアイテム名に困惑する俺たちに、ドーヴェの娘がオルゴイ・コルコイについて補足してくれる。

「オルゴイ・コルコイは、地底深くに生息し、高温の鉱石や煮えたぎるマグマを呑《の》み込むんですよ」

どうやら、オルゴイ・コルコイとは、地底エリアに住む敵ＭＯＢらしい。

「クエストで必要な素材は全部、地底エリアで揃《そろ》いそうね」

「それに、彫金系センスのあるユンさんがいるから作れる！　これは、やるっきゃないよ！」

クエストの概要を知ったエミリさんとベルが乗り気になり、俺も生産職としての好奇心からクエスト発注者のドーヴェから【太陽石】のクエストを受注する。

クエストを受注する中、俺はふと首を傾《かし》げる。

「それにしてもオルゴイ・コルコイって、どんな敵ＭＯＢなんだろう……」

地底エリアに住まう熱々の鉱石や溶岩を呑み込む特徴とその名前からは想像も付かないために、一体どんな敵ＭＯＢなのかと悩む。

その後、俺たちは、もう一度クエスト掲示板の前まで戻り、【太陽石】と並行して受注できるクエストを幾つか選び取る。

「ユンさん、早速、地底エリアに行きましょう！」

そうして俺たちは、炎熱対策を整えてから、ポータルで更に地下奥深くの地底エリアへと転移する。

「……地底エリア。久しぶりだけど、やっぱり暑いな」

赤茶けた罅割《ひびわ》れの大地の隙間から赤い光が明滅し、頭上に目を向ければ暗いがゴツゴツとした天井が見える。

「それじゃあ、【太陽石】の素材集めをメインに、サブでその他のクエスト条件の達成を目指しながら探索しましょう」

「それなら【溶融石】が手に入る溶岩湖を目指すかなぁ……」

エミリさんの方針を聞いた俺は、頭の中で探索ルートを想像する。

【溶融石】は、地底エリアの西にある溶岩湖に住む超弩級《ちょうどきゅう》ＭＯＢ・マグマギガンテの外殻を破壊することで採取できる。

「西の溶岩湖まで一気に行きたいですけど、流石《さすが》にこの暑さでは、ほとんどのパートナーたちが召喚を拒否していますね」

現在、レティーアがこの地底エリアで呼び出せるのは、ウィル・オ・ウィスプのアキとラナー・バグのキサラギ、コールド・ダックのサツキだけのようだ。

だが、暖炉のダンジョンでは冷気を振りまき周囲の熱気と相殺《そうさい》してくれたサツキも、地底エリアの暑さでは相殺しきれず、逆に熱気にやられて元気がなさそうである。

能力も大幅に低下しており、召喚はできるが、戦力的な期待は難しそうだ。

『グワッ……』

「このままだとサッちゃんが可哀想《かわいそう》なので召喚石に戻ってもらいましょう。――《送還》」

一度サツキを呼び出したレティーアだが、あまりにも熱気で辛《つら》そうなサツキを見て召喚石に戻す。

俺も誰を召喚できるか確かめたところ、暑さが苦手なプランからは拒否され、リゥイとザクロは召喚に応じてくれた。

ただ、リゥイもサツキと同じように自身の能力だけでは熱気を相殺しきれないために能力低下を引き起こしているので、今回は休んでもらおう。

「フユやムツキの背に乗れないと、移動が大変ですね」

「まぁ、のんびりと徒歩で溶岩湖を目指そうよ。道中の採掘ポイントで素材を集めながらね」

パートナーの使役MOBたちの多くを召喚できないことに不満そうにするレティーアをベルが窘《たしな》めながら、溶岩湖の方向に向かって歩き始める。

そして、その道中にある採掘ポイントを見つけ次第、俺とエミリさんがピッケルで採掘し、レティーアとベルが周囲の安全を確保してくれる。

「あっ、あの敵……私、ちょっとあそこの敵をしばき倒してくるね！」

ベルは、【太陽石】のクエストと並行して受注している――【地底の採掘場の安全確保】

という討伐クエストで対象となる敵ＭＯＢに向かって駆け出していく。

「ベルは、一人で大丈夫か？」

「大丈夫ですよ。アキにベルの後を追わせましたから」

そう言って、レティーアは周囲を警戒しながらも、俺とエミリさんが採掘した鉱石をラナー・バグのキサラギと共に拾ってくれる。

「レティーア、ここで掘り出せた鉱石ってどれくらいある？」

「納品クエストで必要な鉱石が広く浅く出ましたけど、この場所ではフレアダイト鉱石は出てませんね」

岩窟都市の納品クエストでは数十個単位の鉱石アイテムが要求されるので、この採掘ポイント1箇所だけで手に入る鉱石では足りない。

それに【太陽石】の素材であるフレアダイト鉱石は、もう少し地底エリアの奥に行かないと出ないかもしれない。

「まだまだ、採掘ポイントを回らないといけないわね」

エミリさんがそう呟《つぶや》き、この場所で採れる最後の鉱石を掘り出した。

そして、俺たちはベルが戻ってくるのを待ってから、溶岩湖の方向を目指していく。

溶岩湖の道中でも採掘ポイントで鉱石回収を行なえば、地底エリアのポータルと溶岩湖の中間以降の採掘ポイントでフレアダイト鉱石が採掘できるようになった。

そうして俺たちは以前、ギルド【ヤオヨロズ】が企画した大規模遠征で来た時よりも、長い時間を掛けて溶岩湖に辿《たど》り着く。

「それで、ユンくん？【溶融石】って素材は、どうやって手に入れるの？」

「【溶融石】は、マグマギガンテっていう巨大なMOBの外殻から取ることができるんだ」

超弩級MOBのマグマギガンテは、広大な溶岩湖の中と周囲の陸地を行き交いながら徘《はい》徊《かい》している。

そんなマグマギガンテの外殻や飛ばしてくる溶岩弾から様々な鉱石が採掘でき、その中にお目当ての【溶融石】があるのだ。

「おっ、ちょうど、マグマギガンテが出てきたみたいだな」

そして、俺たちが溶岩湖に到着したタイミングで、溶岩湖の中からマグマギガンテが姿を現わし、陸地に上がってくる。

俺は以前も見ているが、エミリさんたちはマグマギガンテの大きさに驚いている。

「あの外殻から【溶融石】が採れるのね。でも、どうやってあの硬そうな外殻から採掘する？」

ズシン、ズシンと足音を響かせるマグマギガンテの姿を眺めるエミリさんの疑問に俺は、インベントリからとあるアイテムを取り出す。

「強いダメージを与えれば剝がれ落ちるから、この【ニトロポーション】を投げればいいと思うな」

その後、剝がれた外殻から採掘すればいいことを伝えると、エミリさんたちが納得してくれる。

「それじゃあ、ニトロポーションの投擲《とうてき》は、私がやって、ユンさんやエミリさんは落ちた鉱石回収って感じでいいかな」

「それでいいと思うわ。早速、【溶融石】を採りに行きましょう」

溶岩湖から現れたマグマギガンテを追いかけるためにエミリさんとベルが歩き始める。

俺も2人の後を追うように一歩踏み出すが、レティーアが俺の服の裾を摑《つか》んで引き留める。

「ユンさん、ユンさん……」

「うん？　レティーア、どうしたんだ？」

引き留められた俺がレティーアを振り返れば、彼女の視線は溶岩湖の方に注がれていた。

「この溶岩湖には、魚は棲《す》んでいるのでしょうか？」

「はい？」

突拍子もない問い掛けに俺が聞き返し、追いかけてこない俺たちにエミリさんとベルも振り返ってこちらの様子を窺《うかが》っている。

そんな状況でもマイペースなレティーアは、真剣な表情で答える。

「いえ、溶岩湖の周囲に、釣りポイントがありましたので」

「溶岩湖の周りに釣りポイントって……あるな」

俺が溶岩湖の周辺に目を向けると、採取や採掘ポイントがあるのと同じように、釣りが可能な釣りポイントがあることが分かった。

以前に来た時は知らなかったが、【釣り】センスを手に入れたことで溶岩湖の釣りポイントが見えるようになったようだ。

その事実にしばらく放心する俺だが、正気に戻ってレティーアに反論する。

「いくら、釣りポイントがあるって言っても、普通に溶岩の熱に耐えられる釣り具がないから無理だろ……」

「でも、溶岩湖に釣りポイントがあるってことは、魚が居ますよね。気にはなりませんか」

やたらとグイグイと来るレティーアに俺は、エミリさんとベルに助けを求めるが――

「確かにそうよね。OSOはファンタジーなんだし、溶岩湖に魚が棲んでても可笑《おか》しくないかも」

「釣り要素のあるゲームによっては、溶岩のあるところでも釣りできるもんねー」

レティーアの意見に、エミリさんもベルも興味深そうに受け入れている。

「確かに溶岩湖の釣りポイントは気になるけど、今は【溶融石】が優先だろ……」

俺はレティーアを窘めるが、諦めきれないレティーアが不満そうに口元を歪《ゆが》める。

そんな俺とレティーアのやり取りを見たエミリさんが提案をしてくる。

「それなら、ここで二手に分かれない？」

「二手に？」

「ええそうよ。【溶融石】の回収と溶岩湖の釣りで二手に分かれるのよ。ニトロポーションで砕いた外殻から鉱石を集めるだけなら、私のゴーレムたちにも手伝わせればそれほど人手は要らないからね」

そう言ってエミリさんは、鉱石の採掘要員兼、ニトロポーションの投擲役として錬金MOBのゴーレムたちを呼び出して見せる。

「私たちが【溶融石】を集めてくるから、レティーたちは釣り、頑張ってね！」

「と言うことで、ユンさん。溶岩に耐えられる釣り具を作って下さい」

「全く、無茶振りが過ぎるだろ。とりあえず、ダメ元で作ってみるよ」

「ユンさん、ありがとうございます」

エミリさんやレティーアだけではなく、ベルにまで溶岩湖での釣りを期待されてしまう。

「それじゃあ、私とベルは、溶融石の回収に行ってくるわね」

「溶岩湖での釣りの成果楽しみにしているねー」

俺は、エミリさんとベルに可能な限り大量のニトロポーションを預けて、マグマギガンテを追いかける二人を見送る。

そして、溶岩湖の畔《ほとり》に残された俺とレティーアは、二人で溶岩でも使える釣り具を考え始めるのだった。

●

「そう言えば、溶岩湖の釣りポイントが分かるってことは、レティーアも【釣り】センスを持ってるのか？」

何気ない俺の問い掛けに、レティーアは自信満々で答えてくれる。

「当然、ありますよ。レベル38です」

「うわっ、俺より高っ⁉　ちょっと意外だな……」

「サッちゃんを仲間にするために樹海エリアの湖に通っている時、食料調達も兼ねて釣りしてたらいつの間にかレベルが上がってました」

ドヤ顔を見せるレティーアに俺は、なるほど、と声を漏らしながらレティーアの釣りの道具を受け取る。

「流石《さすが》にここで改良できるのは釣り針と釣り糸くらいなんだけど……釣り糸に関しては適した素材がないんだよなぁ」

俺がレティーアから受け取った釣り具を持ちながらぼやくと、レティーアが一つの提案をしてくる。

「ユンさん。フレアダイトの金属糸《きんぞくし》なんてどうですか？」

「レティーア、それって……」

レティーアの提案に俺が戸惑っていると、使役ＭＯＢのキサラギを呼び寄せて説明する。

「この子にさっき採掘したフレアダイト鉱石を食べさせて、金属糸を作ってもらいましょう。フレアダイトの金属糸なら、溶岩でも使える釣り糸になると思うんです」

「あー、それは……」

確かに、フレアダイトの金属糸なら溶岩にも耐えられそうではある。

アダマンタイトの金属糸でも同様の効果は期待できそうだが、鉱石の稀少《きしょう》さとアダマンタイトの重さ、コスパの面などで比較してフレアダイトの方が最適だろう。

だが、フレアダイト鉱石は【太陽石】の素材にもなるために、集めた物を勝手に使うのはどうかと思う。

「まぁ、ユンさんが答えを出す前にラギに食べさせるんですけどね」

「ちょ、レティーア!?」

先程、採掘に専念するために鉱石回収をレティーアに任せていたために、預けたフレアダイト鉱石を全てラナー・バグのキサラギに与え始めた。

ラナー・バグのキサラギは、レティーアから受け取った鉱石を器用に前脚で抱え込み、ガシガシと齧《かぶ》り付き始める。

その姿を見た俺は、諦めたように肩を落とす。

「はぁ、これで失敗したら、エミリさんたちになんて言おう」

「大丈夫ですよ。エミリさんやベルは笑ってくれますよ」

俺とレティーアがそんなやり取りをしている間にもフレアダイト鉱石を食べたキサラギは、シュルシュルと深い赤色の金属糸を吐き出していく。

「とりあえず、溶岩用の釣り竿《ざお》の改良を目指すか」

溶岩用の釣り糸ができたために、次は溶岩用の釣り針を即興で作り始める。

溶岩用の釣り針の素材には手持ちのアダマンタイトの端材を使い、ハンマーやヤスリで釣り針の形に整えていく。

ちゃんとした生産設備で作ったわけではないために不格好な釣り針が完成した。

最後にレティーアの釣り具から釣り糸を外して、フレアダイトの金属糸とずっしりと重たいアダマンタイトの釣り針を取り付けて——溶岩用の釣り竿が完成となる。

「レティーア、こんな感じで良《い》いと思うか？」

俺が横から見守っていたレティーアに目を向けると、レティーアは既に釣り上げた魚を入れるためのバケツを横に用意して準備万端であった。

「いいと思います。早速、餌なしで試して見ましょう」

俺から完成した釣り竿を受け取ったレティーアは、ひょいと軽い手首の動きで釣りポイントに向けて、アダマンタイトの釣り針を投げ込む。

ゴポゴポと泡立つような溶岩湖に浸《つ》かっても、フレアダイトの釣り糸が溶岩で焼き切れる様子はなく、アダマンタイトの釣り針が溶岩の中に沈んでいるようだ。

「とりあえず、釣りはできそうですね」

「そうだな。あとは、魚が掛かるのを待つだけだけど……」

まだ、キサラギの作ったフレアダイトの金属糸もアダマンタイトの端材も残っているために、俺は自身の釣り竿も同じように溶岩用に改良する。

そして、できた釣り竿を持ってレティーアの隣に並び、同じように溶岩湖の釣りポイントに釣り針を投げ込み、獲物が掛かるのを待つ。

「……魚、釣れませんね」

「……そうだな。まぁ、他の成果はあるし、いいんじゃないか」

俺とレティーアとの間に沈黙が流れる一方——溶岩湖の遠くの方では、重い足音を響かせるマグマギガンテの体で断続的な爆発が起こるのが見えた。

その爆発音を聞いて、エミリさんとベルが【溶融石】の回収を始めたことを理解する。

遠くの爆発音を聞きながら釣りを続ける俺たちは、重くなる釣り竿を定期的に引き上げると、釣り針の周りに溶岩が纏《まと》わり付くように固まっていた。

溶岩湖の中で釣り針を核にして固まった溶岩の塊をハンマーで叩《たた》くと、釣り針や釣り糸が壊れることなく、パカッと塊だけが割れてランダムな鉱石が手に入る。

もしかしたら、溶岩湖の釣りポイントとは、鉱石系アイテムが入手できる場所なのかもしれない。

「やっぱり、溶岩湖には魚が居ないんじゃ……」

そう思い始めていると、レティーアの釣り竿が大きくしなり始める。

「おっ、確かな手応えです」

そう言って、左右に暴れる釣り竿を反対方向に倒しながら、釣り竿を立てていくと、溶岩湖から大きく跳ねるように魚の影が飛び出してくる。

「ちょっ、骨ぇえっ⁉」

レティーアの釣り針に掛かっていたのは、骨格標本のように綺麗《きれい》な小魚の白骨だった。

肉食魚のようなギザギザの歯を持つ白骨の魚が釣り針に食い付き、魚の眼孔に真っ赤な光を宿し、地面で跳ねている。

「うわぁ……溶岩湖の中には、魚のスケルトンが居たなんて……」

まさに地獄に出てきそうなアンデッドの骨魚にちょっと引く俺とは対照的に、レティーアは釣り針から骨魚を外して、持ち上げる。

「これ、魚のアンデッドじゃありませんよ」

「えっ？」

「これ、体が透明なだけでちゃんとした魚みたいです」

そう言って、骨魚――クリア・ボーンフィッシュを差し出してくるので、俺も恐る恐る触ってみれば、半透明な体はカチカチに硬く、身はちゃんとあった。

アイテムの説明文にも、ちゃんと生きた魚であることが明記されていた。

「これ、食べられるんでしょうか？」

「いや、流石にこれを食べようって勇気はないぞ」

「それなら、沢山釣って色々と試して見ましょうか」

そう言ったレティーアが釣り針から外した骨魚を横に置いたバケツの中に放り込み、再び溶岩湖に釣り針を投げ込む。

「きゅぅ～」

「ザクロ。とりあえず、安全かどうか分からないから食べるのはなしな」

バケツの中に放り込まれた骨魚が気になるのか、クンクンと鼻を近づけて匂いを嗅ごうとしているザクロを後ろから抱え上げるようにして引き離す。

その後、俺も骨魚を釣り上げ、バケツの中に放り込む。

そうして二人で溶岩湖で釣りをしていると、遠くで響いていた爆発音が途切れ、【溶融石】の回収に出ていたエミリさんとベルが戻ってくる頃には、骨魚がバケツから溢《あふ》れそうなほど集まっていた。

「レティー、ユンさん。ただいまー！　って、骨ぇえっ⁉」

バケツから溢れそうなほどの骨魚を見たベルが驚きの声を上げ、レティーアの方を凝視する。

「レティー、お腹《なか》空いて釣り上げた端から全部食べちゃったの⁉」

「違いますよ。最初からこの姿でした」

驚いているベルにレティーアが簡潔に説明する中、エミリさんがバケツの骨魚を一匹摘まみ上げて確かめている。

「……本当ね。体が透けているわ」

動揺するように声を震わせるエミリさんの反応に小さく吹き出す俺は、釣り竿を引き上げて二人に声を掛ける。

「エミリさん、ベル、おかえり。溶融石の回収の方はどうだった？」

「ユンくんから貰《もら》ったニトロポーションを投げ尽くしたから帰ってきたわ。【溶融石】も十分な量を回収できたから、また追加で取りに来る心配はなさそうね」

「帰りにオルゴイ・コルコイを探したけど、溶岩湖の周辺にはそれっぽい敵ＭＯＢは居ないみたいだよ」

エミリさんとベルから報告を受け、そっちは？　と俺たちの溶岩釣りについて話を振られる。

「溶岩に耐えられる釣り糸を作るのに、フレアダイト鉱石を使っちゃったんだ。それで釣り上げられたのが、そこの骨魚とランダムな鉱石の山かな」

一応、釣り上げた鉱石の中には、釣り糸に使ったフレアダイト鉱石もあり使用分を回収できたことを伝えると、エミリさんは気にしないように笑っていた。

「【溶融石】回収の副産物で、マグマギガンテの外殻からもフレアダイト鉱石を含む色んな鉱石が手に入ったから、気にしなくてもいいわよ」

「良かった。勝手に使って足りなくなったら、と思ったらね」

俺が安堵《あんど》する一方、レティーアとベルは、骨魚のバケツを見下ろしながら何かを話していたようだ。

「ねぇ、レティー。釣った魚を餌にして、更に釣りってできない？」

「良い考えですね。やってみましょう」

ベルの提案を受けたレティーアは、嬉々《きき》として釣り針に骨魚を付けて溶岩湖に投げ込み、その様子をベルがニコニコと楽しそうに眺めている。

「溶岩湖周辺でやることは終わったし、そろそろ次に行くべきなんだろうけど……」

「まぁ、もう少し溶岩湖の釣りに付き合っても良いんじゃない？」

俺たちが目標とする金チップ50枚を集めるためにも、効率良くクエストチップ集めをするか、太陽石に必要な最後の素材をドロップする謎の敵ＭＯＢを早く見つけるべきなんだろう。

だが、大物を釣り上げようと真剣な表情のレティーアと、それを楽しそうに眺めるベルの姿に俺とエミリさんも時間を区切って見守ることにした。

そうこうしていると、レティーアの釣り竿が激しくたわみ始める。

「おおっ⁉ これは、来ました！」

釣り竿が引っ張られる力に前のめりになるレティーアは、なんとか釣り竿を立てて踏ん張ろうとする。

だが、餌の骨魚に食らい付いた大物の方が力が強く、ジリジリとレティーアを溶岩湖に引き摺《ず》り込もうとしていた。

「レティー！ 頑張って、踏ん張るよ！」

近くで見守っていたベルが、レティーアを背後から抱えるようにして支える。

「二人とも、大丈夫⁉」

「大丈夫です……ユンさんは、エンチャントを！」

心配して声を上げるエミリさんに平気であると伝えつつも、俺にエンチャントを頼んでくる。

このままの勢いで大物を引き上げるつもりの二人に、俺は手を翳《かざ》す。

「そのまま、引き上げろよ！ 《空間付加《ゾーン・エンチャント》》――アタック！」

ＡＴＫのエンチャントが掛かったレティーアとベルは、二人掛かりで釣り竿を立てていくと、溶岩湖から跳ね上がった大物が姿を現わす。

「デカッ⁉」

骨魚に食らい付きながら溶岩湖から跳ね上がった大物は、体長50センチを超える深紅の魚だった。

その姿に驚き、目を見開く俺とエミリさんだが、深紅の魚が溶岩湖に戻ると激しい抵抗を見せる。

それでもレティーアとベルは、二人掛かりでジリジリと釣り竿《ざお》を立てていき、遂《つい》には、陸地に引き上げることができた。

「疲れました。でも、大物です」

「ぷはぁ〜、緊張した〜」

レティーアとベルは、溶岩湖に引き摺り込まれる緊張感と疲れからその場に座り込んでしまうが、二人の表情は楽しそうである。

「それにしても、こんなのが溶岩湖に居たのか」

レティーアとベルが釣り上げた深紅の魚――クリムゾン・トラウトを見て、俺は感心したように呟《つぶや》く。

トラウトとは、サケやマスなどの魚の総称である。

陸地に引き上げられてもピチピチと跳ねる生きのいい姿は、溶岩湖に棲《す》んでいたことを知らなければ、美味《おい》しそうにすら見える。

「さて、二人ともそろそろ釣りを切り上げて、探索に戻るぞ」

「「えーっ」」

不満そうな声を漏らすレティーアとベルは、座り込んだまま俺を見上げてくる。

「釣りが楽しいのは分かるけど、釣りばっかりやってても、クエストチップ集めに繋《つな》がらないだろ？」

俺がそう説得すると、レティーアは渋々と立ち上がって釣り具を片付け始める。

「……仕方がありません。今日は大人しく引き上げて、この釣り上げたクリムゾン・トラウトは大事に食べるとしましょう」

そうして俺たちは、溶岩湖から離れてオルゴイ・コルコイを探すが、地底エリア西側では見つからなかった。

地底エリアの探索を切り上げた俺たちは、岩窟都市で討伐クエストの報告や集めた鉱石の納品などをして今日の分のクエストチップを手に入れた。

更に余談ではあるが――クエストチップ集めに貢献すると思われなかった溶岩湖での釣

りは、思わぬ形でクエストチップの収入をもたらした。

一つ目は、以前に利用した料理人NPCのレストランである。

食材アイテムを渡すことで、その食材で料理を作り、味の評価に応じてクエストチップが報酬で貰える。

溶岩湖というおかしな場所で釣れたが、骨魚とクリムゾン・トラウトは珍しい食材アイテムらしい。

骨魚はじっくりと煮込むことで美味しい出汁《だし》が取れ、クリムゾン・トラウトは美味しいサケ料理に変わった。

その結果、骨魚とクリムゾン・トラウトの2種類の食材で、合計金チップ1枚分のクエストチップを稼ぎ出したのだ。

二つ目は、ギルド【OSO漁業組合】のシチフクである。

第一の町に戻ってきたベルは、シチフクに連絡を取り、クリムゾン・トラウトについて教えた。

『なぁ、ベルちゃん。うちも知らん魚や！　それどこで釣れたん？　お兄さんに教えてぇな！』

シチフクは知らなかったようで、クリムゾン・トラウトが釣れた場所に興味津々《きょうみしんしん》である。

「うーん、どうしようかなぁ～」

焦《じ》らすような声を上げるベルに、シチフクは、畳みかけるように言葉を口にする。

『今、ベルちゃんたちは、ギルドエリア所有権が欲しいんやろ？　クエストチップで情報売ってくれへんか？　うち、金チップ３枚まで出すで！』

「仕方が無いですね。特別に教えてあげますよ」

そう言って、シチフクに釣りポイントの情報を売って、金チップ３枚を稼いでしまうのだ。

「まさか、溶岩の中に魚が棲んどったなんて！　盲点やったわ！」

ベルから情報を聞いたシチフクは、魚は水場に居るというリアルの固定観念から頭を抱えている。

流石《さすが》に不憫《ふびん》に思った俺とレティーアは、そんなシチフクに溶岩でも耐えられる【フレアダイトの金属糸】とアダマンタイトの端材から作った釣り針をプレゼントすると、シチフクは嬉々として地底エリアの溶岩湖を目指し始める。

そのようなことがあり、溶岩釣りでは変則的に金チップ４枚を稼ぐことができ、冬イベント前半のラストスパートに入っていくのだった。

五章　【オルゴイ・コルコイと持久戦】

地底エリアに活動の場を移した俺たちは、オルゴイ・コルコイを探しつつ、岩窟都市のクエストをこなしていく。

協定を結んでいるプレイヤーたちからも協力のお願いが来るが、冬イベント前半も２週間が経つと、やることが無くて暇になった人たちが積極的に手伝いをしてくれる。

そのため、俺たちが手を出すまでもなく、それぞれが互いに連携を取り合って問題を解決してくれている。

なので俺たちは、自分たちのことに集中して、クエストチップを集めることができた。

その一方、【太陽石】の素材をドロップするオルゴイ・コルコイという謎のＭＯＢの正体には、未《いま》だに迫ることができずにいた。

「だけど、今日から冬休み！　今度こそ、オルゴイ・コルコイを見つけるぞ！」

昨日で学校が終わり、今日から年末年始にかけて冬の長期休暇が始まったのだ。

ＯＳＯのプレイ時間も休日と同じだけ取ることができ、俺は気合いを入れる。

「そうだね。私たちも冬休みに入ったし、クエストチップ集めの追い込みを頑張ろう！」

クリスマス直前の最後の追い込みに俺だけではなく、ベルも一緒になってやる気を見せてくれる。

「ところでエミリさん。今って、どのくらいのクエストチップが集まりましたっけ？」

そんな俺とベルが気合いを滾《たぎ》らせる一方、レティーアがエミリさんに現在のクエストチップの所持枚数を聞いている。

「今は……ちょうど金チップ40枚ね」

「今のペースだと、目標の金チップ50枚を集めるのはギリギリかな？」

「だからこそ！　オルゴイ・コルコイの素材で太陽石を作って、金チップ3枚を手に入れるんだよ！」

俺もエミリさんの言葉を聞き、今までの集めるペースから考えて予想を呟けば、ベルが太陽石のクエストの重要性を強調する。

ただ、冷静なエミリさんは、こんなことを聞いてくる。

「そうは言っても、一つのクエストに固執しすぎて目標を達成できないのは本末転倒よね。もし今日もオルゴイ・コルコイが見つからなかったら、どうする？」

俺たちを見回すエミリさんは俺たちに、続けるか、諦めるかを問い掛けてくる。

なので俺は、少し考え込んで答えを決める。

「その時は……諦めようか」

もし、俺がソロで受けたクエストなら好きなだけ続けられるが、今は冬イベント前半までと時間を区切り、パーティーを組んでいる状況だ。

ズルズルと達成できないクエストに固執して、クエストチップが集められないのは良くないと思う。

「えーっ、ここまで探し続けたのに、諦めるのは勿体《もったい》ないよ～」

「でも、どこかで見切りは必要だと思いますよ」

ベルはクエストを諦める選択に惜しむ声を上げるが、レティーアがそれを宥《なだ》める。

そんなレティーアの説得を受けたベルは、渋々納得する。

「悪いな、諦めることを決めて」

「あははっ、そんなことは気にしてないよ！　それに今日見つけちゃえば、いいだけだからね！」

ベルは、ニシシッと楽しげに笑い、前向きな言葉を口にする。

そんなベルの様子に俺たちも、ふっと表情を緩めて笑い、その通りだと頷《うなず》く。

「それじゃあ、今日も地底エリアの探索に行くぞ！」

「「おーっ！」」

全員で掛け声を上げてからポータルで地底エリアに転移し、今日はエリアの南東方向に歩いて行く。

いつものように道中の採掘ポイントで鉱石を集め、遭遇する敵ＭＯＢを倒しながら進む。

そうして進んだ先では、徐々に地底エリアの雰囲気が変わっていく。

罅割《ひびわ》れた地面の隙間から零《こぼ》れる赤い光は弱まり、溶岩が固まった岩場の代わりに、黒っぽい蝋《ろう》を何度も垂らして積み重ねたような大小様々な石柱――石筍《せきじゅん》が乱立する場所に入っていく。

「何だか、この辺の温度は、普通な感じがしますね……」

「でも、その代わりに、おどろおどろしい雰囲気に変わったよな」

周囲の温度が変わったことにレティーアが気付き、俺は雰囲気の変化からブルッと身震いをする。

「確かに、この周辺だと炎熱環境の影響が薄そうね」

「ってことは、この辺ならレティーやユンさんは、制限なしで召喚できそうだね！」

エミリさんが周囲に乱立する大小様々な石筍を見渡しながら呟き、ベルが炎熱環境で召喚を控えていた使役ＭＯＢを呼び出せる可能性に目を輝かせている。

「でも、なんでこの周辺だけ、炎熱環境じゃないんだ？」

「ああ、それは、この先にアンデッド系ＭＯＢの出る地下遺跡があるからじゃないかしら」

「うぇっ!?　アンデッド!?」

エミリさんが地底エリアの南東には地下遺跡ダンジョンがあることを語り、俺は思わず驚きの声を上げてしまう。

地下遺跡ダンジョンとその周辺ではアンデッド系ＭＯＢが出現するらしく、そのエリアのテーマと合わせて、周囲の環境や背景のオブジェクトも変化したのだろう。

ちなみに、同じように地底エリアに存在するダンジョンには、エリア中央から見える塔型ダンジョンがある。

そちらの塔型ダンジョンの方は、悪魔をモチーフにした敵ＭＯＢが出現するらしいのは余談である。

「そ、それで……アンデッドって言うと、どんなヤツが出てくるんだ？」

「ダンジョン周辺だと、重武装した骸骨騎士のデスナイトや骸骨魔導師のデミリッチなんかが出てくるそうね」

俺が震える声でエミリさんに尋ねると、２種類のアンデッドＭＯＢについて説明してくれる。

デスナイトは前衛型、デミリッチは後衛型のアンデッド系MOBで、どちらも下位のアンデッド系MOBを召喚するスキルを使ってくるために倒すのが中々に大変らしい。

そして、地下遺跡を進んでいくと、最初は単体で出現していたデスナイトやデミリッチが複数同時に襲ってきたり、召喚されるアンデッドたちの数や強さが上がっていくそうだ。

そのため、群がるアンデッドの軍勢を薙《な》ぎ倒す力があれば爽快感を得られ、倒す力が無ければ物量で押し切られる——無双ゲーム的な要素を含んだダンジョンらしい。

その話を聞き、俺が苦手なホラー的な要素は少ないと感じて、少し安堵《あんど》する。

「アンデッド系は、食べられるアイテムがドロップしないので苦手ですね」

「私も、モフモフのないアンデッドは興味無いかなぁ」

「お前らなぁ……」

そんなエミリさんの説明を聞き、レティーアとベルの言葉に俺は呆《あき》れてしまう。

「まぁ、ドーヴェの娘さんの話だとオルゴイ・コルコイは、地底エリアのフィールドに出現するらしいから、今回はダンジョン攻略は無しね」

そんな他愛のない話をしながらも石筍の間を進んで行くと、この方面での最初の敵MOBと遭遇する。

「みんな、敵ＭＯＢが来たみたい」

「あれは……エミリさんの言ってた、デスナイトってＭＯＢみたいだね」

俺とベルが声を上げて、全員で俺たちの視線の先を見れば、無数の骸骨戦士たちを引き連れた一際《ひときわ》大きな骸骨騎士がこちらに向かって歩いてくるのを見つけた。

骸骨戦士たちよりも二回りも大きく、重そうな灰色の重鎧《じゅうよろい》に黒いマントを身に着けた骸骨騎士は、鎧《よろい》の間接部から紫色のオーラを零していた。

禍々《まがまが》しい形状の大剣を軽々と担《かつ》いでおり、頭に被《かぶ》る兜《かぶと》には捻《ねじ》れた角が生えている。

「うわっ……結構、厳《いか》つい顔してるなぁ」

普通のスケルトンの眼窩《がんか》はポッカリと空いているが骸骨騎士のデスナイトの場合、眉間を寄せて睨《にら》むように眼窩の形が変わっており威圧感を感じる。

石筍のあるエリア内を巡回していたデスナイトの一団が俺たちを見つけると、力強い足音を鳴らしながら俺たちの方に近づいてくる。

「来るわよ！」

「まずは、俺が動く！　リゥイ——《召喚》！」

エミリさんの掛け声と共に俺は、一角獣《ユニコーン》のリゥイを召喚する。

久々の戦闘での出番に歓喜の嘶《いなな》きを上げるリゥイに対して、俺は命令を下す。

「ぶちかませ！　——《浄化》！」

リゥイの額から伸びる角が輝き、骸骨戦士の周囲にまばゆい光を降らせていく。

『『『オォォォォォッ——』』』

アンデッドに特効を持つリゥイの浄化を浴びた骸骨戦士たちは、体の各所から燃えるように白い煙を発しながら苦悶《くもん》の声を上げて動きが鈍っていく。

「更に、追撃だ。——《弓技・疾風一陣《はやていちじん》》！」

俺は、動きが鈍った骸骨戦士の一団に向けて、風圧を伴う矢を放つ。

リゥイの浄化を受けてダメージを負った骸骨戦士たちは、駆け抜ける矢が放つ風圧が致命打となり、光の粒子となって消えていく。

「流石《さすが》、アンデッド特効の浄化。凄《すご》いわね」

元々HPが少ない取り巻きの雑魚《ざこ》MOBとはいえ、範囲内の骸骨戦士たちにダメージを与えるリゥイの浄化にエミリさんが感心している。

「でも、デスナイトは耐えてるみたいですね」

「それじゃあ、私が行ってくるね！」

レティーアの言うとおり、骸骨戦士たちのリーダーであるデスナイトは、浄化のダメージを受けてはいるが倒れるには至っていない。

そんなデスナイトに向かってベルが駆け出し、バールを叩《たた》き込む。

『オォォォォォッ――！』

たった一人となったデスナイトは、剣を掲げてベルのバールの打撃を受け止め、反撃するために剣を振るう。

だが――

「私たちもやるわよ！　――《クラッキング》《シャーク・バイト》！」

「いきますよ。ナツ、アキ、ヤヨイ――《召喚》！　行きなさい！」

エミリさんが側面から連接剣を振るい、デスナイトの腕を連接剣のワイヤーで搦《から》め捕ることで動きを鈍らせ、ベルへの反撃を阻止している。

更に、レティーアは召喚した使役ＭＯＢたちと遠距離から攻撃を浴びせて、ダメージを与えていく。

『オォォォォォッ――！』

レティーアたちからの攻撃を受けて動きを止めたデスナイトは、低い唸《うな》り声を上げる。

その唸り声に呼応するように地面から紫色の靄《もや》が湧き立ち、デスナイトに接近しているエミリさんとベルを阻《はば》むように周囲に新たな骸骨戦士たちが現れるが――

「リゥイ！　もう一発――《浄化》！」

俺が指示を下すと共に、新たな骸骨戦士たちが浄化の光を浴びて、悶《もだ》え始める。

そうして浄化で動きの鈍った骸骨戦士たちを、俺やレティーアたちが再び冥界送りにする。

折角呼び出されたのに、出待ちのように浄化を浴びせられた骸骨戦士たちが若干不憫《ふびん》に思うが、デスナイトを相手にするエミリさんとベルを邪魔させない。

「2回目の浄化を浴びて、大分HPが減ってるわね！」

「これでトドメだよ！　はぁぁぁぁっ——《竜砕撃》！」

大きく溜《た》めの入ったベルのバールの振り下ろしがデスナイトの頭部を強く叩き、その衝撃で後ろにゆっくりと倒れ、光の粒子となって消えていく。

「リゥイ、お疲れ様」

「いや～、普通に戦うと面倒な相手だったけど、浄化を使えるリゥイ様々だったね」

デスナイトの一団との戦闘を終えて俺が隣にいるリゥイを労《ねぎら》い、ベルも崇《あが》めれば、リゥイは得意げに鼻息を鳴らしている。

実際、アンデッド特効の浄化が使えるリゥイが居ない場合だと、デスナイトの一団の難易度は大きく変わっていただろう。

「さて、ユンくんのお陰で大分難易度が下がっているから、ドンドンと先に進みましょう」

「そうですね。今日中にオルゴイ・コルコイを見つけて倒さなきゃいけませんからね」

俺とベルが戦闘後の余韻に浸っているが、エミリさんとレティーアからオルゴイ・コルコイ探しを促されて俺たちは地底エリア南東側の探索を続ける。

何度かデスナイトやデミリッチの一団と戦闘になって、その都度、リゥイの浄化が活躍するが、謎のＭＯＢは影も形も見つからずにエリア内を彷徨《さまよ》い続ける。

そして、地底エリアの南東方向にかなり奥深くまで進んだ頃、新たなデスナイトの一団を発見した俺たちは、すぐさま武器を構えて戦闘態勢を取る。

そして、徐々に近づくデスナイトたちを待ち構える俺は、彼らの足下から【看破】のセンスが強い反応を示し始めたことに気付く。

「……なんだ？」

今までアンデッドの集団と戦った時には、一度も無かった不可解な反応に訝《いぶか》しむ俺は、それをエミリさんたちに伝える前に事態は急変する。

「な、なに、この大きな揺れ⁉」

デスナイトの一団が響かせる足音とは違う、深い場所から響いてくる地揺れにエミリさんは戸惑い、レティーアとベルは互いに支え合いながら揺れに耐えている。

デスナイトたちも地揺れに足を止めて、周囲を見回すような動作を取るなど、芸が細かいと思う一方、俺の目は着実に変化を見詰め続けている。

「段々、デスナイトたちの近くで反応が強く……」

そして、次の瞬間——轟音《ごうおん》と共にデスナイトたちの真下の地面から貫くように巨大な何かが現れたのだ。

「「「えぇぇぇぇぇぇっ——⁉」」」

突然の事態に俺やエミリさん、ベルは、驚きで声を上げてしまう。

地中から現れた巨大な何かは、突き上げの衝撃で近くに居た骸骨戦士たちを吹き飛ばし、地中から巻き上げられた岩を周囲にまき散らし、骸骨戦士たちの頭上に降ってくる。

「……なんだ、あれ？」

巨大な何かは、突然の出来事で右往左往する骸骨戦士たちを意に介さず、地中と地表を行き来するように移動している。

まるで、荒波のようにうねる巨大な何かは、最後に一際高く頭部を持ち上げる。

そして、高所から水面に飛び込むように頭部から落ちていき、地中に深く潜っていく。

その動きに連動するように長い胴体が牽《ひ》かれ、地中に体をねじ込む反動で尻尾の先が扇状に振り回され、範囲内に居た骸骨戦士たちを薙ぎ払ったのだ。

その尻尾の振り回しにリーダーのデスナイトも巻き込まれて倒されたことで、連鎖的に残っていた骸骨戦士たちも消滅していく。

地中から現れた巨大な何かは、その一連の行動の余波だけで近くにいたデスナイトの一団を殲滅《せんめつ》してしまったのだ。

「「「…………」」」

あまりに衝撃的な光景に放心する俺たちの周囲には、静寂が広がる。

今の存在は何だったのか、混乱する俺たちに一人冷静に推移を見守っていたレティーアがポツリと呟《つぶや》く。

「……見つけました」

「えっ？」

「さっきのデスナイトたちを倒したヤツが、私たちの探していたオルゴイ・コルコイです」

レティーアの言葉に目を瞬《しばたた》かせた俺は、マジかぁ、と地底エリアの天井を仰ぎ見る。

「あのキモい巨大ワームみたいなのが、オルゴイ・コルコイかぁ」

「私、あのワームみたいなヤツの頭を見ちゃったけど、結構気持ち悪かったわね」

エミリさんもオルゴイ・コルコイのビジュアルに若干顔色を悪くしている。

俺も地面から現れた巨大ワームの頭部を見た。

地面を掘り進めるための大きな牙が生え、口腔《こうこう》内には一回り小さな牙が内向きに何段にも重なって生えていたのだ。

まるで大きな牙で破砕した地面を更に細かく砕いて食べるために、あるいは口腔で捕らえた獲物を逃がさないための返しのようにも見えた。

また、体は焦げ茶色なのに対して、口腔内が粘膜を感じさせるぬらぬらとした艶感の薄いピンク色なのが余計に生々しさを感じさせる。

俺も思い出しただけで、ちょっと気持ち悪くなってきた。

「ユンさん、ユンさん。オルゴイ・コルコイはまだ居るの？」

「ああ、反応があるからまだ居る『――ドーン！』……」

俺がベルからの疑問に答えている間にも、俺たちから少し離れた地面から再び巨大ワームが現れた。

地面に現れた巨大ワームは、地中と地表の行き来を繰り返しながら移動し、その進む先にある敵ＭＯＢや石筍《せきじゅん》や岩などのオブジェクトを破壊していく。

そうして一頻《ひとしき》り地表で暴れた巨大ワームは、再び体をうねらせて地中深くに戻っていく。

まるでノンアクティブＭＯＢのようにプレイヤーの存在を意に介さずに行動し、その余波で無作為に周囲に破壊を振りまいている。

「さて、ずっと探してたオルゴイ・コルコイを遂《つい》に見つけたけど……安易には近づけないわよね」

「まぁ、あの暴れようだとなぁ」

エミリさんがデスナイトの一団が蹴散らされた巨大ワームの余波を気にして戦い方を思案し、俺もエミリさんの考えに同意する。

かと言って、金チップ３枚のクエストに出現するクエスト専用ＭＯＢだ。

相当な強さの相手とどうやって戦うか考える中、レティーアとベルがとある提案をしてくる。

「とりあえず、攻めてみるのはどうですか？」

「そうそう。攻撃しないと敵はいつまでも倒れないんだから、突撃あるのみだよ！」

「まぁ、実際に戦ってみないと分からないわよね」

ここで二の足を踏んでても仕方が無い、とエミリさんも納得し、作戦を立てる。

「それじゃあ、次にオルゴイ・コルコイが地面から現れたら、ベルと一緒に突撃するから、ユンくんとレティーアは後方から攻撃とサポートをお願いね」

エミリさんの指示に俺とレティーアは静かに頷《うなず》き、地面に潜ったオルゴイ・コルコイが再び現れると共に俺たちは、エミリさんたちの背にバフを掛ける。

「《空間付加《ゾーン・エンチャント》》――アタック、ディフェンス、スピード！」

「ちゃんと生き残れるように！――《リジェネレーション》！」

俺が三重のエンチャントを、レティーアが自動回復のバフをエミリさんとベルに掛けると共に、二人が駆け出す。

「結構離れた位置で出現したわね！　行きなさい、ゴーレムたち――《召喚》！」

「このまま一気に攻めるよ！」

オルゴイ・コルコイの出現と共に、周囲に撒《ま》き散らされる岩石が降る中にエミリさんとベルは飛び込んでいく。

岩石が降る範囲外から俺とレティーアは見守り、ゴーレムたちを盾にしながらも全力で駆けるエミリさんとベルがオルゴイ・コルコイとの距離を詰めていく。

「行けっ！――《魔弓技・流星》！」

エミリさんたちがオルゴイ・コルコイに接近するために、後衛の俺たちはサポートを行なう。

斜め上に放たれた矢は、一条の青い光となってエミリさんたちを追い越していく。

そして、【空の目】で視認したエミリさんたちに直撃する軌道を描く岩石に突き刺さり、空中で破壊して障害を排除する。

「私たちも行きますよ！　ナツ、アキ、ヤヨイ！」

俺のアーツに続き、レティーアの使役MOBたちが上空に飛び上がり、同じようにエミリさんたちに降る岩石を遠距離攻撃で消していく。

しばらくして、降ってくる岩石も落ち着き、オルゴイ・コルコイへの接近に成功したエミリさんたちが攻撃を始める。

「ベル、行くわよ！　――《クラッキング》！」

「はぁあっ――《閃刃撃《せんじんげき》》！《竜砕撃》！」

エミリさんとベルに続き、召喚したエミリさんのゴーレムたちも殴る蹴るの攻撃を加えていく。

だが、エミリさんたちの攻撃を受けたオルゴイ・コルコイは、こちらに敵対心を向けることなく、スゴゴッと地面を削るような音を立てながら移動を続けている。

俺とレティーアも、後衛から遠距離攻撃を続けていき、気付くことがあった。

「オルゴイ・コルコイの防御は普通でも、HPが多いタイプの敵だな」

オルゴイ・コルコイに放った矢には確かな手応えがあるが、ボスのHPが多いために相対的に与えるダメージが小さく感じる。

「それに、ダメージが回復していますよ」

「自動回復持ちでもあるのかぁ」

俺とレティーアがオルゴイ・コルコイの様子を窺《うかが》っていると、与えたダメージで僅かに削れたHPゲージがジワジワと回復している。

どうやらオルゴイ・コルコイは、HPが多くて《リジェネレーション》のような自動回復スキルを持っているタフな敵MOBのようだ。

これは、持久戦になりそうだ、と俺が内心ぼやく間にもエミリさんたちは、数の力によってオルゴイ・コルコイのHPを減らし続け、一定のダメージを超えたところで——

『——ピキィィィィイッ！』

甲高い鳴き声と共に体を仰《の》け反らせたオルゴイ・コルコイは、頭部を高く持ち上げる。

そして、脱力と共に持ち上がった長い胴体が地面に倒れてくる。

「「きゃっ⁉」」

オルゴイ・コルコイが倒れた衝撃で地面が揺れ、風圧が接近していたエミリさんたちを襲う。

重量のあるゴーレムたちは踏ん張り耐えられたが、エミリさんとベルは風圧で大きく後方に弾《はじ》かれるように転がる。

「凄《すご》い地揺れと風圧ね。でも、ダメージはそんなに無くてよかった」

「でも、同時にダウンが取れてる！　今のうちにダメージを稼ぐよ！」

体勢を立て直したエミリさんとベルがダウン中のオルゴイ・コルコイに接近し、ゴーレムたちと共に長い胴体に攻撃を続ける。

我武者羅に攻撃を浴びせ、オルゴイ・コルコイのＨＰを９割まで減らした所でダウンが終わる。

『――キシャァァァァァッ！』

咆哮《ほうこう》を上げてダウンから復帰したオルゴイ・コルコイは、慌てたように地中深くに潜ろうと機敏な動きを見せる。

「くっ、退避！」

「了解だよ！」

エミリさんとベルが安全圏まで距離を取ろうと踵《きびす》を返すが、それよりも早くに巨大ワームの尻尾の先が振るわれる。

足の遅いゴーレムたちが次々と薙《な》ぎ倒されていく中、巨大な尻尾がゆったりと、だが巨大な壁のように迫る中、俺は二人に魔法を使う。

『――《ゾーン・ライトウェイト》！　《ゾーン・ストーンウォール》！』

エミリさんとベルに軽量化スキルを使い、二人の足下から石壁を迫《せ》り上げ、一気に頭上へと打ち上げる。

「きゃっ!?　これって！」

「にゃははは っ！　ユンさんが助けてくれたんだね！」

5メートル以上の高さに打ち上げられたエミリさんが驚き、ベルはこの状態を楽しむ間、二人の足下では巨大ワームの尻尾の先が通り抜けていく。

そして、頭上へと持ち上げる力が弱まり、重力に従って落ち始める二人に、俺は更に魔法を重ね掛けしていく。

「――《ゾーン・キネシス》！　《ゾーン・キネシス》！」

「ハル――《召喚》！　――《ウールガード》！」

念動力のスキルを使って二人の落下速度を軽減し、レティーアが召喚した草食獣のハルが着地地点の下に回り込み、ボフンと膨らませた体毛で二人を受け止める。

オルゴイ・コルコイは既に地中深くに戻り、【看破】のセンスで俺たちから距離を取るように離れる反応を確かめて、俺とレティーアはエミリさんとベルの下に近づく。

「エミリさん、ベル、大丈夫ですか？」

「とりあえず、二人のお陰で無事よ。まぁ、ゴーレム部隊の被害は大きいけどね」

レティーアがハルを召喚石に戻しつつ、二人の無事を確認すれば、エミリさんが自嘲気味な笑みを浮かべて答えてくれる。

「それで、試しに攻めてみたけど、感想はどう？」

軽くオルゴイ・コルコイを攻めてみた感想をエミリさんたちに聞く。

「そうね。行動はまだ全部把握してないけど、単純なボスではあると思うわ」

「でも、自動回復があるから、もっとダメージ効率を上げないと倒せないんじゃない？」

今回は、エミリさんのゴーレムたちの手数のお陰で、短い時間でもオルゴイ・コルコイからダウンを取ってダメージを稼ぐことができた。

だが、肝心のゴーレムたちはオルゴイ・コルコイの尻尾の振り回しで破損してしまい、次からは俺たち４人で火力を出さないといけない。

「うーん。俺たちも大量の回復アイテムがあるから倒されることはないだろうけど、オルゴイ・コルコイも自動回復あるんだよなぁ」

こうして俺たちが話している間にも、オルゴイ・コルコイは先程与えたダメージを回復していく。

オルゴイ・コルコイの自動回復を上回る速度で効率良くダメージを与えないと、千日手状態に陥ってしまうボスMOBのようだ。

「どうやって倒しましょうか」

「さっきの件でゴーレムたちを揃《そろ》えて、力押しってのはちょっと難しい相手よね」

「地表に出現して地面に潜るまでの間に、早期にダウンを取るための瞬間火力も必要だよね」

エミリさんとベルが頭を悩ませる中、後方からボスを観察していた俺も気付いたことを口にする。

「そう言えば、ダウン中のオルゴイ・コルコイは、頭部に弱点っぽい物が出てたかも」

「えっ、そうだったの？」

「ああ、俺とレティーアは、引いた場所に居たから見えたんだ」

俺がそう答えると、レティーアも同意するように頷いてくれる。

巨大ワームの胴体に集中していて気付かなかっただろうが、オルゴイ・コルコイの頭部

——正確には、ダウンしたことで口腔《こうこう》部から裏返るように飛び出した球状の部位があった。

その部位は、網目状の肉に覆われているが煌々《こうこう》と輝いているために、露骨に弱点ですよ

と言っているようであった。

「他にも、同じような色合いの場所が尻尾の先にもありましたね」

後方から全体を見渡して気付いたことを伝え、４人でうんうんと唸《うな》りながら倒すための作戦を考えていく。

そして、俺たちの作戦が決まる頃には、オルゴイ・コルコイのＨＰは全回復していた。

「仕切り直しになるけど、やるか。エミリさんは後ろに乗って。リゥイ、頼むぞ！」

「フユ――《召喚》！　さぁ、ベルも乗ってください！」

俺とレティーアは、リゥイとフェアリー・パンサーのフユの背にエミリさんとベルを乗せる。

「それじゃあ、行くぞ！」

【看破】のセンスを持つ俺は、地中深くを移動する巨大ワームの位置を確かめ、地面から出現する時に巻き上げられる岩石が届かないギリギリの距離を保つ。

ゴゴゴッと地面が揺れて、オルゴイ・コルコイが再び地表に上がってくる予兆を感じる。

「レティーア！」

「行きますよ！　《簡易召喚》――ウヅキ！」

フェアリー・パンサーのフユの背に乗るレティーアは、片手に持った召喚石を掲げて、水竜のウヅキの幻影を召喚する。

『――キュォォォォォン！』

長い首を一度大きく後ろに引いた水竜のウヅキの幻影は、反動を付けるように前に突き出すと、開けた口から水流のブレスを放つ。

放たれた水流のブレスが、空中から降ってくる岩石を巻き込みながらオルゴイ・コルコイの胴体にぶち当たる。

そして、水流のブレスが通り抜けた後には、空白地帯が生まれていた。

「さぁ、これで火力が足りてくれよ」

俺は、【黒乙女《くろおとめ》の長弓《ながゆみ》】から、魔改造武器の【ヴォルフ司令官の長弓】に持ち替えて、隕星鋼《いんせいこう》製の矢を番《つが》えて、弓を引き絞る。

「――《魔弓技《まきゅうぎ》・幻影《げんえい》の矢《や》》！」

リゥイに乗りながら放たれた矢は、魔改造武器に付与された【スキル拡散（数）】の追加効果によって15本の魔法の矢を生み出していく。

ウヅキの水流のブレスによって生まれた空白地帯を駆け抜ける魔法の矢が、次々とオルゴイ・コルコイの胴体に突き刺さる。

「――《魔弓技・幻影の矢》！」

更に、【二重戦技】の追加効果で待機時間《ディレイ・タイム》なしで同一のアーツを連発し、追加で15本の魔法の矢が放たれる。

水流のブレスと魔法の矢の雨を受け、更にレティーアの召喚しているナツ、アキ、ヤヨイたちも遠距離から攻撃を加える。

俺の方は、アーツの再使用までの時間も攻撃の手を止めずに、馬上から次々と隕星鋼の矢を放っていく。

そして、アーツの待機時間《ディレイ・タイム》が明けてすぐに、追加で《魔弓技・幻影の矢》の二連射を行なう。

「ユンさん、地中に戻ろうとしてます！」

「それじゃあ、これでダメ押しだ！　――【エクスプロージョン】！」

オルゴイ・コルコイが地中に戻る予兆を感じたレティーアの声を受けて、俺は巨大ワームの体に突き刺さった無数の弓矢に仕込んだ魔法を起動させる。

隕星鋼製の矢に【技能付加《スキル・エンチャント》】していた爆破魔法が一斉に起動し、十数本と突き刺さった弓矢を起点に多重爆破を引き起こす。

『――ピキィィィィィッ！』

それがトドメとなったオルゴイ・コルコイは、悲鳴のような甲高い鳴き声を上げてダウンしていく。

「改めて、ユンくんたちの本気を見ると、凄いわよね」

「まさに後衛に求める超火力だよね！　レティーとユンさんと、格好いい！」

そんなダウンまでの過程を俺たちの後ろから見ていたエミリさんたちは、感心した表情で呟《つぶや》いていた。

「さぁ、次は、エミリさんたちの番だよ！」

「頑張って行ってきて下さい！」

そう言って、リゥイたちを走らせる俺とレティーアは、ダウンしたオルゴイ・コルコイの正面までエミリさんとベルを運ぶ。

オルゴイ・コルコイの正面を横切ったところで、リゥイたちの背から飛び降りたエミリさんとベルは、口腔部から露出した弱点部位に向かって走って行く。

「さぁ、行くわよ。――《シャーク・バイト》！」

「――《閃刃撃》！　うわっ、胴体よりダメージの通りが良《い》いね！　――《竜砕撃》！」

エミリさんとベルは、不気味な巨大ワームの正面に立ち、弱点部位を果敢に攻めていく。

「さぁ、私たちも攻撃の続きをしましょう！」

「そうだな。俺たちも攻撃の手は緩めてられない！」

エミリさんとベルを弱点部位の近くまで運んだ俺たちは、リゥイたちを走らせたまま距離を取り直し、遠距離からの攻撃を再開する。

そして、再びオルゴイ・コルコイのダウンが終わる予兆が見えた。

「ベル！　尻尾の振り回しを避《よ》けるわよ！」

「もちろん！　むしろ、頭に近い方が安全だよ！」

オルゴイ・コルコイが地面に潜る際の尻尾の薙ぎ払い攻撃を何度も観察して、行動パターンを把握した。

その結果、尻尾の薙ぎ払いは、扇状の範囲を持つために根元——つまりは、巨大ワームが頭部を潜らせる付近が安全地帯だと分かり、エミリさんとベルがそこに滑り込む。

尻尾の先の薙ぎ払いをやり過ごしたエミリさんとベルは、巨大ワームの長い胴体が頭部の後を追うように地面に潜っていくのを見送るだけではなく——

「追い打ちだよ！　——《竜砕撃》！」

もうひとつの弱点部位である色の違う尻尾の先がやってくるのを待ち構え、目の前に来たところでベルがバールを振り抜き、力強く叩《たた》いてダメージを与えていく。

「さて、オルゴイ・コルコイを追いましょうか」

「そうだな。その前に、エミリさんたちを迎えに行かないと」

遠距離攻撃の手を止めた俺は、【看破】のセンスで地中を移動するオルゴイ・コルコイの位置を確かめながら、レティーアと共にエミリさんとベルを迎えに行く。

「ユンくん！　どれくらいダメージ与えられた？」

迎えに来た俺たちにエミリさんがそう尋ねてくるので、俺はエミリさんをリゥイの後ろに乗せながら答える。

「オルゴイ・コルコイのＨＰは――残り７割だよ！」

「なら、行けそうね！」

俺の言葉に安堵《あんど》の笑みを浮かべるエミリさんに対して、レティーアのフユの背に乗ったベルがやる気を見せる。

「さぁ、逃げたボスを追いかけるよ！　ゴーゴーゴー！」

「そうですね。この勢いでオルゴイ・コルコイを倒しましょう！」

戦闘での確かな手応えを感じた俺たちは、地中を移動するオルゴイを倒すために追いかけるのだった。

●

オルゴイ・コルコイとの戦闘は、自分たちの忍耐力との戦いであった。

ダウンを取り、地中に逃げ込むまでの間に与えられるダメージは、オルゴイ・コルコイのＨＰの約３割である。

だが、地中深くに逃げ込み、次の出現までの間に自動回復によってＨＰを１割程度回復して出現する。

相手は、積極的にこちらを倒すような動きは見せず、巨大ワームとして地底エリアを移動しているだけだ。

「ひぃひぃ……相手が私たちを倒してくれれば諦めが付くのに！」

「ベル、泣き言は言わずに攻撃を続けるわよ！　――《クラッキング》！」

攻撃の手を緩めなければ、ＨＰは着実に減っていく。

だけど、攻撃の手を緩めてしまえばＨＰは自動回復され、地中に潜る時間が戦闘の遅延行動に思えて、精神的な疲労感が大きい。

そんな持久戦を繰り返してオルゴイ・コルコイの残りＨＰを３割まで追い詰めたダウン終了時、変化が起こる。

『――キシャァァァァッ！』

ダウンからの復帰と共に、頭部を高く持ち上げたオルゴイ・コルコイは天井に向かって咆哮《ほうこう》を上げる。

焦げ茶色の長い胴体は、深紅を思わせる鮮やかな赤色に変わっていく。

「うへぇ……発狂モードかぁ」

深紅に変色したオルゴイ・コルコイは、頭部の弱点部位を攻撃していたエミリさんたちを飛び越えるように大きな弧を描いて地中深くに潜っていく。

「とりあえず、エミリさんとベルを迎えに行きましょう」

「了解」

リゥイとフユをエミリさんたちの下に走らせて二人と合流した俺たちは、俺たちの後ろに乗せてオルゴイ・コルコイを追跡しながら作戦を考える。

「それで、どうやって発狂モードのオルゴイ・コルコイを攻略する？」

「どんな行動するか分からないから――ノリと勢いで戦う！」

エミリさんの疑問に俺がそう答えながら、オルゴイ・コルコイの再出現に備えて、ＭＰポットを飲む。

ＨＰの自動回復持ちのオルゴイ・コルコイ相手に、悠長に情報収集している時間はない。

普段なら他のプレイヤーたちが集めた情報を元にボスを攻略するが、これから初見ボスの自力攻略に挑む。

そのため、ボスの予備知識を持って挑めることがどれだけ有り難《がた》く、心強いかが実感できる。

「――来た！」

再び、地中深くから姿を現わした真っ赤なオルゴイ・コルコイのＨＰは、４割まで回復しており、突き上げる勢いで周囲に岩石を降らせてくる。

「――《魔弓技・幻影の……チッ！」

撒《ま》き散らされた岩石が降る範囲外からウヅキの水流のブレスで蹴散らし、魔法の矢を放とうと弓を構えるが――オルゴイ・コルコイは、素早い動きで俺たちの射程範囲外に動いていく。

発狂モードでの移動速度の上昇と相まって、射程範囲ギリギリから放たれた魔法の矢が到達するまでのタイムラグで攻撃が外れると判断して、舌打ちしつつアーツの発動を中断する。

「もっと接近して攻撃しないと、当てられない！」

「それなら、追いかけましょう！」

俺とレティーアは、騎乗しているリゥイとフユを走らせて、オルゴイ・コルコイを追跡する。

　だが、移動速度の上昇以外にも発狂モードの変化が俺たちを妨害してくる。

「なっ⁉　動きが止まった⁉」

「それに、フェイント⁉」

　オルゴイ・コルコイは地中と地表の行き来を繰り返しながら移動していたが、発狂モード後は、地表に現れた時に一度動きを止めて、後退するように再び地面に潜って今度は別の場所から出現して移動を再開するのだ。

　速さの上がった動きの中で、停止と後退、別の場所から出現する急な方向転換では、更に狙いは付けづらい。

　それでも俺とレティーアは、なんとか攻撃を当てて行き、これ以上のＨＰの自動回復を阻害していく。

　ただ発狂モード後の変化はこれだけではなく――

「止まった！　また、方向転換か⁉」

「いいえ、違うわ！」

　地面から現れたオルゴイ・コルコイが、頭部を高く持ち上げて動きを止めたのだ。

　一瞬、また地中に後退して方向転換かと思ったが、それを後ろに乗せたエミリさんが否定する。

オルゴイ・コルコイの頭部を見上げれば、口腔部《こうこう》を窄《すぼ》め始め、長い胴体の一部が膨張して口元に向かって迫《せ》り上がっていく。

そして、膨張した部位が口元に辿《たど》り着いた瞬間——ブシャァアァッ、と頭部を左右に振って遠くまで届くように黄色い液体を撒き散らしていく。

「《簡易召喚》——プラン！」

見るからに危険だと判断した俺は、イタズラ妖精のプランを呼び出し、俺たちの周りに風を渦巻かせて飛んでくる黄色い液体を防いでもらう。

「うへぇ……なにあれ？」

「どうやら、酸液みたいですね。触らない方が良いと思います」

地面に撒かれた黄色い液体を嫌そうに見るベルに、レティーアが言葉を返す。

黄色い液体が落ちた地面が、ジュワッと音を立てて白い煙を立ち上らせて、酸《す》っぱい匂いが漂ってくる。

更に、黄色い酸液が地面に残留し、そこに踏み込めば、ダメージを受けることが容易に想像できてしまう。

「酸の地面で追うのが難しくなったけど——《魔弓技・幻影の矢》！」

「逆に、酸液を撒くために動きを止めたなら狙いやすいです！　《簡易召喚》——ウヅキ！」

酸液を撒く動作で動きが止まったオルゴイ・コルコイに向けて俺とレティーアは、無数の魔法の矢とウヅキの水流のブレスを放つ。

ＨＰの減り具合から、発狂モード以前と防御力は変わっていないことに安堵すると共に、ようやくダウンを取ることができた。

『――ピキャァァァァァッ！』

甲高い鳴き声を上げたオルゴイ・コルコイが体を高く持ち上げて、倒れてくる。

このまま一気に接近して露出した弱点部位を狙いたいが――

「地面に広がった酸液が邪魔でオルゴイ・コルコイまで近づけない」

「近づくにしても地面の酸液を避ける必要があるわね」

俺たちを乗せたリゥイとフユが酸液の地面まで近づき、足踏みをする。

避けて進めばオルゴイ・コルコイまで安全に辿り着けるが、その分だけダウン中に攻撃できる時間が減って与えるダメージも減る。

「はぁ、心折れそう……」

「皆さん。私が道を作ります！」

戦闘が長引く予感に俺が弱音を吐くが、レティーアには秘策があるようだ。

「《簡易召喚》――サッちゃん！」

レティーアの掲げた召喚石から、コールド・ダックのサツキの幻影が現れ、力強く羽ばたく。

それによって巻き起こった極寒の風が酸液に濡《ぬ》れた地面を凍らせ、倒れたオルゴイ・コルコイまでの道を作り出す。

「さぁ、行きますよ！」

「レティー、ナイス！　今度は、私たちが頑張る番だよ！」

俺たちはサツキの幻影が作り出した氷の道を走り、最短距離でオルゴイ・コルコイの頭部までエミリさんとベルを運び、猛攻を仕掛ける。

もう何度目かのダウン中の全力攻撃でＨＰは、ドンドンと削られ、残りＨＰが１割を切る。

「ああ、惜しい！　もっと火力があれば倒し切れたのに！」

「でも、次にダウンを取れれば倒せるわ！」

発狂モードのオルゴイ・コルコイを押し切れずに悔しがるベルを宥《なだ》めるエミリさんたちは、ダウンから復帰したオルゴイ・コルコイが地中深くに潜っていくのを見送る。

地中深くに潜って、次に現れた時にはＨＰは２割程度。

ダウンを取って総攻撃を仕掛ければ、倒し切れる圏内である。

そして、地中深くからオルゴイ・コルコイが戻ってくるのを感じて、俺たちは、撒き散らされる岩石のリスクを覚悟して、今度は最初から距離を詰めていく。

『――キシャァァァァッ！』

リゥイとフユは、降ってくる岩石を避《よ》け、避けきれない物は、俺やレティーアが打ち落としながら合間合間にオルゴイ・コルコイにも攻撃を加えていく。

「――《魔弓技・幻影の矢》！」

確実に攻撃を当てるために距離を詰めて、いち早くダウンを取ろうとする。

だが、先程の発狂モードから綺麗《きれい》にダウンを取れたのは運がよかった。

急な方向転換のフェイントによって悉《ことごと》く攻撃が躱《かわ》され、更にアーツの待機時間《ディレイ・タイム》中に酸液を吐き出し始めたために動きが止まる絶好のチャンスで思うようにダメージを稼げなかった。

また、レティーアがサツキを召喚して地面に広がる酸液を凍らせて無効化するが、それを上書きするように短い期間で酸液を吐き出してきたのだ。

サツキを呼ぶ《簡易召喚》スキルの待機時間《ディレイ・タイム》が明けないために、結局は酸液の地面を避けながらオルゴイ・コルコイと対峙《たいじ》し続ける。

そうした巡り合わせの悪さから思うようにダメージが稼げず、ＨＰの現状維持が続く。

そして――

「ユンさん！　オルゴイ・コルコイが地面深くに潜り始めるよ！」

短時間で一定以上のダメージを与えることでダウンが取れるが、その条件を満たせずに地中深くに潜る予備動作に入らせてしまった。

ここからダウンを取るには間に合わず、攻撃の届かない地中深くでＨＰが回復されてしまう。

「……ダウンを取れなかったか」

ベルの慌てた声を聞き、半ば呆然《ぼうぜん》とする俺の心には、虚無感が広がる。

ＨＰを削っても自動回復でまた削るを繰り返してきた。

あと少しのように感じるが、オルゴイ・コルコイとの持久戦で疲れてきた。

ふとインベントリを確認すれば、【技能付加《スキル・エンチャント》】した隕星《いんせい》鋼製の矢の本数も底が見え始めている。

これ以上、無駄なアイテムの消費を避けるためにも諦めた方が良《い》いんじゃないか、と打算や楽になりたい気持ちが頭を過《よぎ》る。

「……ああ、心折れるなぁ『――まだです！』……!?」

オルゴイ・コルコイとの戦闘を諦めそうになる俺の呟《つぶや》きを掻《か》き消すように、レティーア が声を上げる。

「ムツキ――《召喚》！」

ナツ、アキ、フユ、ヤヨイの4体の使役MOBを常時召喚で、MPの最大値を消費している。

そんな状況で召喚した使役MOBたちの使う攻撃スキルのコストは、レティーアのMPから消費され、更にウヅキとサツキの《簡易召喚》でもMPを使用している。

常にMPの残量がギリギリのレティーアは、ここで限界を超える。

限界以上に満腹度を溜《た》められる【食い溜め】センスのもう一つの効果――MP消費が必要なスキルを満腹度で肩代わりさせることができる。

既に、体の半ばまで地中に潜ったオルゴイ・コルコイに対して、召喚したガネーシャのムツキに攻撃を命じる。

「ムツキ――《ストンピング》！」

『――パオォォォォォン！』

高らかに長い鼻を掲げたムツキは、その場で足踏みをする。

本来は、足下の敵を踏み潰す攻撃だが、力強い足踏みの衝撃が地中に逃げたオルゴイ・

コルコイにダメージを与えているのだ。

「そうか！　――《アースクエイク》！」

まだ有効な手段が残っていることを思い出した俺は、【空の目】でオルゴイ・コルコイの潜っている地面を中心に局所的な地震を引き起こす土魔法を使う。

滅多に使うことのない不遇な魔法スキルだが、対地特効性能を持ち、巨体のオルゴイ・コルコイならば受ける影響は大きい。

ムツキの足踏みの震動と地震の土魔法を受けたオルゴイ・コルコイの動きが変わった。

『――ピキャァァァァァッ！』

地中深くに潜っていたオルゴイ・コルコイが慌てたように地面から飛び出し、そのまま地面に倒れてくるのだ。

「ギリギリ、ダウンを取れましたね」

レティーアは、ガネーシャのムツキを召喚石に戻しつつ、安堵《あんど》の表情を浮かべる。

「レティーとユンさんのお膳立て！　最後はきっちり締めるよ！」

「ええ、これで最後にしましょう！」

俺とレティーアは、飛び出してきたオルゴイ・コルコイの頭部までエミリさんとベルを運び、二人は、残りＨＰ２割を削り始める。

限界を超えた召喚でMPも空になったレティーアは攻撃に参加できない。

その代わりに、一度は諦めそうになった俺が残り少ない隕星鋼製の矢を全て使い切るつもりで攻撃を放っていく。

『――ピキャアアアアアッ！』

そうして、俺たちの猛攻を受けてHPがゼロになったオルゴイ・コルコイは、最後にのたうち回りながら断末魔の悲鳴を上げる。

最後の一暴れに巻き込まれないように距離を取ったエミリさんとベルと共に、オルゴイ・コルコイの最期《さいご》を見守り、動きが止まったところで光の粒子となって崩れ始める。

「はぁ……これで終わった……」

「終わりましたね。お腹《なか》空きました」

オルゴイ・コルコイとの戦闘が終わって俺は大きく安堵の吐息を漏らし、レティーアはいそいそとインベントリから食べ物を取り出して食べ始める。

そんなレティーアの様子を戻ってきたエミリさんとベルが、クスクスと押し殺したように笑い、４人でオルゴイ・コルコイとの戦闘ログを確認する。

「ちゃんと、【オルゴイ・コルコイの胃石】がドロップしているな」

「私の方は、ドロップなしね。その代わり、幾つかのセンスのレベルが上がってるわ」

「あっ、俺の方も戦闘系センスのレベルが上がってる」

オルゴイ・コルコイはクエスト専用ボスのために、クエスト専用のアイテムである【オルゴイ・コルコイの胃石】しかドロップしなかった。

その代わりに、オルゴイ・コルコイとの戦闘で得られる経験値は多めに設定されているのか、俺たちのセンスの幾つかがレベルアップしていた。

「これで必要な素材が揃《そろ》ったし、岩窟都市に戻って太陽石を作ろう！」

ベルの言うとおり、後は揃った素材を使ってクエストアイテムの太陽石を作るだけである。

そして、俺が太陽石を作成している間、エミリさんたちもただ待っているだけではなく、3人でクエストチップを集めよう、と和気藹々《わきあいあい》とした言葉が聞こえてくるのだが――

「それにしても、随分とエリアの奥地まで移動したわね」

オルゴイ・コルコイを追いかけての戦闘で、大分地底エリアの奥地まで移動したことにエミリさんがぼやく。

「帰るのがちょっと大変だね。ログアウトで帰還する？」

一度ログアウトして、再ログイン時にリスポーン地点に降り立つことで短時間で帰ることをベルが提案してくるが、レティーアは別の意見を口にする。

「別に急いでいませんし、のんびりと歩いて帰りましょうか」

「それもそうだねー」

すぐに意見を翻《ひるがえ》したベルに俺とエミリさんは、小さく笑う。

そんな一段落付いた雰囲気の中で、地底エリアのポータルに足を向けた時――俺は妙な視線を感じて振り返る。

「なんだ？　って、あれは……」

振り返った先で見た物は――石筍《せきじゅん》の上から俺たちを見下ろす紫色の子狼《こおおかみ》だった。

「ユンくん、どうしたの、って……小さな亡霊狼⁉」

エミリさんも紫色の子狼の存在に気付いて、声を上げる。

桃藤花《とうとうか》の樹《き》に時々現れる、ガルムファントムに似た子狼が石筍の上で機嫌良さそうに尻尾を振っているのだ。

プレイヤーたちが育てる桃藤花の樹以外での目撃情報を聞いたことがない俺とエミリさんは、小さな亡霊狼の出現に驚く。

一方、レティーアとベルは、小さな亡霊狼に目を輝かせている。

「どうですか？　一緒におやつを食べませんか？」

「ユンさんのお店で見たモフモフだぁ！　もしかして、私たちに会いに来たの？」

レティーアは、インベントリから取り出していたお菓子で釣ろうとし、ベルもこっちにくるように手招きしている。

『キャンキャン！』

いつもは霞《かすみ》のように消えてしまう小さな亡霊狼は、ふわりと石筍から飛び降り、地底エリアの奥へと誘導するように甲高い鳴き声を上げている。

「あっ、待って下さい」

「ユンさん、エミリさん！　追いかけるよ！」

そんな小さな亡霊狼の姿を見たレティーアとベルが追いかけ始め、俺とエミリさんは顔を見合わせる。

「どうする？」

「どうするって、言われても追いかけるしかないわよね」

「だよな」

苦笑を浮かべる俺とエミリさんだが、今まで謎だった桃藤花の樹に現れる小さな亡霊狼の真相に近づける可能性に少しワクワクするのだった。

六章 【冥界の番犬と人の縁】

『キャンキャン！』

こっち、こっちと小さな亡霊狼に誘導されて、アンデッドが出現する地底エリアの奥地を進んで行く。

途中、幾度かデスナイトやデミリッチが率いるアンデッド集団に遭遇して、撃退する。

「俺たち、どこまで案内されてるんだ？」

「多分、この先って地底エリアの端っこよね」

アンデッドが湧き出している地底エリア南西の奥の奥——オルゴイ・コルコイとの戦闘で偶然入り込んだ場所よりも更に奥地を目指して進み、もう目の前にはエリアの外縁部が迫っていた。

地底エリアの外縁には、幾つもの巨岩が組み上がったような岩壁が広がっており、俺たちをそこまで誘導した小さな亡霊狼は、そこで今度こそ姿を消してしまった。

その瞬間、俺たちの目の前に広がっていた岩壁の一部が蜃気楼《しんきろう》のように消え去り、洞窟の入口が姿を現わした。

「これは、隠しエリア……」

「ヤッフー！　モフモフのお家《うち》だ～！」

「ちょ、ベル⁉」

ゴクリと俺が唾を飲み込み緊張していると、ベルは躊躇《ためら》いなく謎の洞窟の中に入っていくのだ。

「全く、まだ亡霊狼の住処《すみか》だと決まったわけじゃないだろ」

罠《わな》とか色々な危険があるかもしれないのに、と俺は不満を口にするが、そんな俺を横目にレティーアもベルの後に続く。

「ユンさん。どうせ見つけたなら、行けるとこまで行きましょう」

妙に覚悟の決まったレティーアの言葉に、それはそうなんだけど……と思いながらも俺たちも洞窟の中に入っていく。

「へぇ、結構洞窟内は広いのね」

洞窟の通路は緩やかな下り坂になっており、高さは5メートル、横幅は10メートル程度と結構広い。

洞窟内の地質も地底エリアの溶岩が冷えて固まったような風合いから、緑色がかったような物に変わり、洞窟自体がぼんやりとした明るさを持っている。

そんな洞窟の一本道を進んで行くと、遂《つい》に終わりが見えてきた。

「ここは——」

通路を抜けた先には広い空間があり、中央を囲うように階段状の足場になっていた。

U字形の広場を囲う階段状の足場には、3メートル近い狼たちが思い思いの姿で寛《くつろ》いでいた。

「——ガルムファントム!?」

かつて、レイドボスとして戦った巨大な亡霊狼を彷彿《ほうふつ》とさせる狼たちの住処に驚きの声を上げてしまう。

『『『——ガルルルルルルッ!』』』

俺たちの侵入に気付いた狼たちが立ち上がり、耳をピンと立てて警戒するように低い唸《うな》り声を響かせる。

そんな狼たちの奥——正面最上段の足場には、ガルムファントムにも匹敵する10メートル級の巨狼《きょろう》がこちらを見下ろしていた。

「こんなの聞いてないんだけど!　でも、モフモフ沢山で嬉《うれ》しいかも!」

「ベルは、意外と余裕ね。それに敵の名前は——ガルム、と」

住処に現れた俺たちを半包囲するようにジリジリと近づく紫の狼の群れを見回すエミリさんが、狼たちの頭上に表示された名前を呟《つぶや》く。

名前からレイドボスとの繋《つな》がりがありそうだが、今はそれを考えている余裕は無かった。

低い唸り声を鳴らして牙を剝《む》くガルムたちは、いつ飛び掛かってくるかも分からない。

「とにかく、逃げるか……」

「逃げたいのは山々ですけど……来た道、消えちゃいましたよ」

「マジかぁ……」

子狼が開通した洞窟は、俺たちが通過したことで役目を終えたように輪郭を滲《にじ》ませながら岩壁に戻っていた。

「強さも不明だし、逃げるのも無理となると、せめてこのイベントの正体だけでも見極めるか」

俺たちは、紫狼のガルムたちと戦う覚悟を決めて身構える。

『キャンキャン!』

だが、そんな俺たちの思いとは裏腹に、俺たちとガルムたちとの間に白い靄《もや》が立ち籠め、そこからこの場所に連れてきた子狼が現れて、何かを訴えるように甲高い鳴き声を上げている。

そんな子狼の登場にガルムたちは動揺するように後退《あとずさ》りをし、奥に控えるボスの巨狼がゆっくりとこちらに近づいてくる。

普通の敵MOBとは異なり、理性的な瞳をしているその巨狼は、こちらを囲むガルムたちに言葉を掛ける。

『お前達は控えろ。同胞が連れてきた客人だ』

巨狼の言葉が頭に直接響くことに驚く俺たちだが、こちらを囲んでいたガルムたちは、素直に各々《おのおの》の寝床の場所に戻っていく。

「一体、何が……」

混乱する俺たちに巨狼は、鼻先を近づけて一人一人の匂いを嗅いでいく。

10メートル級の獣の接近に思わず後退りする俺たちだが、匂いを確かめ終えたのか一度距離を取ってから俺たちと目線の高さを合わせるために伏せの体勢を取る。

何がなにやら分からないが、俺たちを誘導してきた子狼は、得意げな表情でこちらを見上げてくる。

『キャンキャン！』

『このイタズラ小僧め。時折、居なくなるかと思えば、この者たちに会いに行っていたのだな』

男性の深みのある声で子狼を説教しているようにも見えるが、巨狼の口元はニヤリと笑っていた。

「えっと……説明願えるかしら？」

敵対する様子はないが、状況が分からずにエミリさんが代表して尋ねる。

『とりあえず、話をするなら座るがいい』

伏せの体勢を取る巨狼が前脚で地面を叩《たた》いて、俺たちにも座るように促してくる。

俺たちは、おずおずとしながらもその場に腰を下ろす。

そうして俺たちが座って話を聞く態勢に入った姿を見た巨狼は満足そうに頷《うなず》き、地面を叩いていた前脚を戻して交差するように組む。

『まずは自己紹介をしよう。我は、亡者《もうじゃ》が現世に逃げ出さないように冥界の入口を見張るガルムたちの長をやっている』

そう答えた巨狼の頭上を見ると【冥界の番犬・ガルム】の名前が見えた。

他のガルムたちとは格の違う存在を示すように、二つ名が記されていた。

「冥界の入口？」

『我らガルムたちは、空間を渡る能力を持ち、冥界と繋がりが深い場所に道を繋ぎ、時に現世に逃げ出そうとする亡者を追いかけて冥界に連れ戻すのだ』

「つまり、私たちが来た地底エリアは、冥界に近い場所なのね……それじゃあ、他にも同じような場所があるの？」

『そなたらが来た場所以外にも冥界と繋がりが深い場所は、いくつも存在する』

エミリさんとガルムの長との話を聞いていた俺とレティーアは、その話からゲーム的な考察をする。

「冥界と繋がりの深い場所とは、アンデッド系ＭＯＢが出現する場所のことでしょうか？」

「そうかもな。多分、そうした場所で子狼《こおおかみ》の案内イベントが発生するのかも」

それに、子狼が突然現れては霞のように消えるのは、ガルムの持つ空間を渡る能力が原因だったのか、と納得する。

そうして俺とレティーアは、ここまで案内してくれた子狼を見詰める。

「あ〜、触れなかった子狼のモフモフを堪能《たんのう》できる〜、可愛《かわい》い〜」

『キャン！』

そんな俺たちの視線を意に介さず、じゃれついてきた子狼をベルが抱きかかえて、逆に構い倒している。

構ってくれるのが嬉しいのか、ベルの腕の中でパタパタと尻尾を振っている子狼は、確かに可愛いが……

「なぁ。この子の正体ってなんなんだ？　なんで桃藤花《とうとうか》の樹《き》の傍《そば》に現れて、どうして俺たちをここまで案内した？　それにガルムとガルムファントムの関係性ってなんなんだ？」

俺がガルムの長を見上げて、一息に聞きたかった疑問を尋ねると、巨狼は考え込むように天井を見上げて、それから答えてくれる。

『少々、話が長くなるが、良《い》いだろうか？』

そう前置きしたガルムの長は、ガルムとレイドボスのガルムファントムとの関係性を語ってくれる。

むかしむかし、ガルムの巣穴に一柱の女神がやってきた。

一匹のガルムが外の世界を巡る女神と意気投合し、その女神について巣穴を飛び出した。

我らも一時の気まぐれと思って見送り、幾年月か経《た》った頃、女神はこの世界を去ることになった。

これで巣穴を飛び出したガルムも群れに戻ってくると思われたが、そのガルムは、女神の去《さ》り際《ぎわ》に一つの物を託されていた。

――「この癒《いや》しの樹を守っておくれ」と。

女神は、ガルムに自身が愛した花を咲かせる癒しの樹――【桃藤花の樹】を託したのだ。

ガルムは、大好きな女神が再びこの世に舞い戻り、共に花を見るまでその地に留まり、花樹を守ることを決めた。

それから更に、幾星霜《いくせいそう》の年月が流れる。

当のガルム自身に寿命が差し迫るも、託された樹を守る約束ともう一度共に花を見る願いからガルムは、霊魂だけの存在となり、その地に留まった。

霊魂だけのガルムは土地神と崇《あが》められるが、今度は託された樹に寿命が来たことで精神の均衡を欠き、土地神から化け物に堕《お》ちてしまった。

桃藤花の樹の延命のために、周囲の土地から養分を奪い、近くの村で不作を引き起こした。

不作の村から差し出させた生贄《いけにえ》を人柱として使い、桃藤花の樹が寿命で朽ちないように固定化して延命したのだ。

また癒しの樹を求める人間たちを返り討ちにして、樹々の養分や配下のアンデッドにしていった。

神話や昔話の一節のように、レイドボスのガルムファントムが誕生した経緯を語るガルムの長の話に、俺たちは聞き入った。

そして、そんな話も終わりに差し掛かり――

『亡霊となった同胞がお主らの手で倒されたことは、冥界を監視する我らもすぐに知ることとなった』

ガルムの長は、目を伏せて、俺たちに頭を下げてくる。

『長きに渡る妄執に囚《とら》われていた同胞を解放してくれたこと、一族の長として感謝する』

「ちょ、やめてくれ！　別に感謝されることじゃないから！」

突然の事に俺たちは、面食らい、反射的にやめるように言ってしまう。

俺たちは、クエストがあったから倒しただけで、ＮＰＣ《ノン・プレイヤー・キャラクター》とはいえ改めてそのことで感謝されるのは、なんともむず痒《がゆ》く感じる。

『ククク、そうだな。それでは前振りはここまでにしよう』

長い長い前振りを終えたガルムの長は、いよいよ話の本題に入る。

『お主らが気にしていた子狼の正体は――亡霊となった同胞その者だ』

「マジで？」

『正確に言えば、同胞の魂を持って生まれ直したガルムの一体と言ったところか』

俺たちが倒したガルムファントムの魂は、冥界に送られて浄化された。

だが、長い年月をかけて存在し続けたガルムファントムの魂は、成長して巨大化していた。

その大きな魂では、新たに転生するには不都合が多い。

故に、複数の魂に分割され、複数のガルムたちとして生まれ直したそうだ。

「転生したガルムファントムだったかぁ……」

俺たちがベルの腕の中に居る子狼を見ると、キョトンとした表情で見返してくる。

そんな俺たちを見下ろすガルムの長は、最後にこう締め括《くく》る。

『亡霊となった同胞が消える間際、桃藤花の樹から生み出した苗木をお主らに託した。かつて女神から託されたようにな』

ガルムの長は、一度言葉を区切って、再び言葉の続きを口にする。

『生まれ直した子狼たちには以前の記憶はないはずだが、それでも以前の自分が託した桃藤花の樹に惹《ひ》かれるものがあり、姿を現わしたのだろう』

そんなガルムの長の言葉に、俺はちょっとだけしんみりとした気分になる。

「そうだったのね。それじゃあ、私たちをここまで案内してくれたのは――」

『お主らが桃藤花の樹を大事にする姿を見続けて、巣穴に案内しても大丈夫だと判断したからであろうな。それに子狼は単身で遠くに飛ぶ事はできても、複数人を連れてくるのは難しい。だから、大人たちが開けた回廊を使うことでここまで連れてきたのだな』

本当に悪知恵が働く小僧だ、とガルムの長が子狼を半目で見下ろすが、当の本人は全く気にせずに、ベルに撫《な》でられて気持ち良さそうに脱力している。

「なるほどなぁ……」

ガルムの長の言葉をゲーム的に解釈すると——桃藤花の樹に現れるガルムの子狼からの信頼度を一定値まで高めた状態で、特定の場所に訪れることで【ガルムの巣穴】への案内イベントが発生するのだろう。

「それにしても、随分と気の長いイベントだなぁ」

レイドクエストを達成して、桃藤花の苗木を手に入れてから1年以上が経ってからのイベントだ。

いつ実装されたのか、それとも最初から存在していたのか分からない。

それでも、ずっと距離を取られていた子狼がやっと心を開いてくれたことを、俺は嬉《うれ》しく感じる。

『今後は、この小僧が遊びに行くことがあるかもしれぬ。その時は、遠慮無く交流を深めるといい。それと我らの同胞の亡霊を解放したお主らなら、またこの巣穴に遊びに来ることを歓迎し、その証《あかし》を渡そう』

ガルムの長がそう語ると、ポーンという通知音が俺たちの頭の中で響き、インフォメーションと共に一つのアイテムが贈られてきた。

――ガルム一族の長と友好関係を結びました。
以降、ポータルから【ガルムの巣穴】に転移が可能となりました。
また友好の証である【冥界ノ狼犬のメダル】が贈られました。

そのインフォメーションと共に、アイテムのステータスも確認する。

【冥界ノ狼犬のメダル】（重要アイテム）
ガルムに認められた者に与えられる、ガルムが狩った亡者が落とした【守護霊《しゅごれい》の紫水晶《むらさきすいしょう》】を加工して作られたメダル。
冥界の神が、狼の気高さと犬の忠誠さを併せ持つ最高の番犬となるように作られた狼犬がガルムである。
このメダルを持つプレイヤーは、不死に属するMOBからのレアアイテムのドロップ率が3％上昇する。

【陸皇亀《りくおうがめ》のメダル】や【海皇烏賊《いか》のメダル】と同じような重要アイテムを手に入れた俺は、そのアイテムのテキストを読んで小さく呟《つぶや》く。

「お前……犬だったんだな」

俺がガルムの子狼に対して呟けば、キョトンとした表情で見詰め返してくる。

「ガルムファントムのクエストやドロップアイテムには、狼の文字があったからね」

クエストでは、巨狼《きょろう》や冥狼などの単語が使われていた。

そのために、ガルムファントムの頃からずっと狼だと思っていたが、実は狼と犬のハイブリッドだった事実に今更ながらに気付く。

確かにガルムたちには、狼のような格好良さの中にも犬らしい可愛らしさも感じる。

そんな完全に空気が緩み切ったところで、ガルムの長は伏せの状態から立ち上がり始める。

『さて、長々とした話も終わったことだし――力試しでもするか？』

「「――はい？」」

思わず聞き返す俺たちにガルムの長は、牙を剥《む》き体中の毛を逆立てて殺気をぶつけてくる。

『フハハハハッ！　ガルムの長となって戦う機会が遠退《とおの》いたが、この滾《たぎ》る闘争心をぶつける相手に巡り会えた！　亡霊となった同胞を討ったその実力、我が直々に測ってやろう！』

勝手にテンションを上げていくガルムの長に俺は、反射的に拒否の言葉を口にする。

「いやいやいや！　戦わないからな！」

『なに!?　流石《さすが》に命のやり取りまではしようとはせぬし、我に勝てれば相応の褒美《ほうび》も与えるのだぞ！』

なんとしても俺たちと戦いたいガルムの長が説得してくる。

「穏やかに話をしてたと思ったら、いきなり戦おうって急な展開には付いていけないって」

「それに私たちは今、クエストチップ集めの方を優先したいのよね」

ガルムの子狼《こおおかみ》の案内から始まったイベントは、あくまでも突発的に始まった寄り道だ。

イベントも一段落付いたところで、帰って【太陽石】を作らないといけない。

俺たちがそのことを伝えるとガルムの長は、そうか、と呟き、耳と尻尾が元気なく垂れ下がる。

そんな俺とエミリさんの言葉に、ベルが抵抗する。

「えー、もうちょっとモフモフしていたいよ～」

ガルムの子狼を片腕に抱えて離さないどころか、成体のガルムのところまで近づき胸元に飛び込んで、モフモフを堪能《たんのう》していた。

ベルに抱き付かれた成体のガルムは、なんとかしてくれ、というような哀愁を感じる表情でこちらに助けを求めてくる。

そして、気落ちしたガルムの長にはレティーアが近づき、ポンポンと足下を軽く叩《たた》く。

「元気出して下さい。今は戦いませんが、気が向いたら戦うかもしれません。その時が来たら、よろしくお願いしますね」

『分かった、今回の力試しは見送るとしよう』

「ありがとうございます。また、用がなくても遊びに来ますね」

『うむ。お主らの再びの来訪を心から待っているぞ』

そうして俺たちは、ベルが満足するまでの間、ガルムの巣穴にお邪魔させてもらった後、巣穴に生まれたポータルから帰還するのだった。

太陽石の作成に必要な素材を揃《そろ》え、【ガルムの巣穴】から戻った翌日――俺は、岩窟都市のドワーフ王・ドーヴェの工房を訪れた。

「太陽石の作り方を教えて下さい」

手土産の【森《もり》の血命酒《けつめいしゅ》】と【霧の白精酒】を持って頼み込めば、ドーヴェは面倒くさそうな顔で一瞥《いちべつ》し、工房の奥に向かっていく。

「……どうやら、素材は集まったようだな。付いてこい、一度しか見せぬ」

「ありがとうございます」

俺がお礼を言って付いていき、轟々《ごうごう》と熱を発している魔導炉まで案内される。

「太陽石の作り方は、フレアダイト鉱石10個と溶融石10個。そして、オルゴイ・コルコイの胃石を粉砕した物を坩堝《るつぼ》に入れて高温の炉で溶かす」

事前に用意されていた粉砕された素材を坩堝に入れていき、ドーヴェが炉に投入していく。

そして、睨《にら》むように炉の前で腕組みして待つ間、俺は質問する。

「えっと……それだけ？」

「太陽石はコツさえ押さえれば作るのは簡単じゃ。坩堝に投入した素材の表面が緑色になったら完全に溶けて混ざりきっている。その状態で坩堝を取り出して中身を冷却用の砂の上にひっくり返し、必要な大きさに切り分ける」

一息に早口で説明するドーヴェの言葉に俺は、相槌《あいづち》を打ちながらもその動きを覚えていく。

「ここでのコツは、炉から取り出した混合物が自身の熱で反応し続けるのを阻害させないことだ。だから、水や油での冷却は以《もっ》ての外だ」

そう言って、砂の上で切り分けた混合物が緑色に光り続け、ぎゅーっと縮むように丸い形に変形していく。

そして、反応を続ける混合物の形が丸形に近づく程に徐々にその光と熱量が弱まり、次第に周囲が冷えた溶岩のような緑がかった石に変わっていく。

「これで、完成……？」

「そうだ。鉱物の不純物が殻のように覆って光を閉じ込めているが、中では、素材が混ざり合って太陽石が出来ている」

そう言って、ドーヴェはハンマーで太陽石を軽く叩くことで脆《もろ》い不純物の殻が割れていき、その隙間から太陽のような柔らかな光が漏れ始める。

俺が太陽石の誕生に感動していると、ドーヴェは最後のアドバイスをくれる。

「太陽石は、不純物の殻で空気を遮っている。使う時は、不純物の殻を割って剝がすことで反応が始まり、緩やかな熱と光を発するんだ」

ドーヴェはそれだけ言うと、殻の付いた太陽石を箱に仕舞い込み、やってみろ、と俺に場所を譲る。

俺は、ドーヴェの工房を借りて素材の準備をしていく。

鉱物粉砕機でそれぞれの素材を粉砕して粉末状に変えて坩堝に詰め込み、ドーヴェと同じように炉に投入し、坩堝の中の変化を見守る。

徐々に鉱物の粉が溶けていき、緑色に変わったところで炉から取り出して冷却用の砂の上に流していく。

そして、金切りバサミで高温の塊を10個に分割すれば、ドーヴェが作った物と同じようにぎゅーっと圧縮するように縮んでいく。

「成功だな」

「そうなんだな……」

ドーヴェのように太陽石の殻を割らないと成功した実感はないが、砂の上で冷えて固まった緑がかった石を持ち上げれば、見た目以上のずっしりとした重さと共にアイテムのステータスが見える。

太陽石【重要アイテム】
殻を割れば、日光のような明るさと人肌程度の仄《ほの》かな温かさを一冬の間保ち続ける不思議な石。
日の短い厳冬期には、北の住人たちは太陽石の近くに集まり、日光浴を行なう。
健康を保つための日光浴であると共に太陽石の周りは、冬の社交場となる。

そんな太陽石のフレーバーテキストを読み、感慨に耽《ふけ》っている俺にドーヴェは、納品用の箱を用意しながら、さっさと納品に行くように促してくる。

「ほれ。やることが終わったなら、この箱に太陽石を入れて北の町までさっさと納品してこい。ワシは、お主から貰《もら》った酒でも呑《の》んでるわい」

「……わかった！　改めてだけど、ありがとう！」

俺は、緩衝材の枯れ草が詰められた納品用の箱に太陽石を詰めていき、インベントリに仕舞い込むとドーヴェの工房を飛び出し、エミリさんたちにフレンド通信をかける。

「みんな、太陽石ができたよ！」

『ユンくん、お疲れ様』

『それじゃあ、北の町のポータルで合流して納品に向かいましょうか』

『了解！　それじゃあ、待ってるね！』

フレンド通信を繋《つな》げたまま、岩窟都市のポータルから北の町へ転移する。

「ううっ、寒っ……冬服に着替えないと」

寒冷環境の北の町では、寒さに身震いしてすぐさま冬服に切り替えた俺は、ポータルの前でエミリさんたちが来るのを待つ。

そして、しばらくして、先に合流していたエミリさんたちが同時に転移して現れる。

「これで金チップ3枚ゲットだよ！　さぁ、早く行こう！」

「ベル、落ち着きなさい。それで、納品先のクエストNPCは、どこかしら？」

浮かれた様子のベルをエミリさんが窘《たしな》めながら、太陽石の納品先を聞いてくる。

「えっと……クエストの詳細だと、この町の雑貨屋NPCのところだと思うけど……」

「なら、大通りの方に行きましょう。そっちなら大体の施設があるはずです」

俺から納品先を聞いたレティーアは、大体の場所に当たりを付けて、4人で歩き始める。

そうして、4人で歩いていると目的の納品先である雑貨屋を見つけた。

「おじゃまします」

「いらっしゃいませ！　何かお探しでしょうか？」

「ドワーフの岩窟都市から、太陽石の納品に来ました」

こちらを出迎えてくれた店員NPCに俺がインベントリから太陽石の入った納品用の箱を取り出すと、店員NPCは、拝見します、と言って箱を受け取る。

そして、箱の中から俺の作った太陽石を取り出して、一つ一つ確かめていく。

「あれが、太陽石？　見た目は、緑色の石だけど……」

「太陽石は、作成時に不純物の殻に覆われていて、使う時に殻を割れば光り出すんだ」

エミリさんに耳打ちされた俺は、小声で太陽石について説明する。

店員NPCは、一見してただの石ころにしか見えない太陽石を手に持ち、重さを確かめ、虫眼鏡のような道具で一つずつ確かめていく。

その静かな鑑定作業の沈黙が、妙に重苦しく感じる。

そして——

「——こちらが依頼していた太陽石10個を全て受領しました。配達、お疲れ様です」

その一言に俺たち全員は、安堵《あんど》からふっと力が抜ける。

「ちゃんと、期間内に間に合うように終わって良かった～」

長かった太陽石のクエストが終わった喜びから声を上げる俺に、エミリさんたちも同じように安堵の笑みを浮かべている。

「こちらがクエストの報酬になります」

そう言って店員NPCは、カウンターの内側から報酬となる10万Gと金チップ3枚、そして俺たちが納品した太陽石の中から一個を取り分けて渡してくれる。

「そう言えば、なんでクエスト報酬に太陽石があったんだ？」

ゲーム的には、自分で作ったアイテムを報酬で貰うことがあるために疑問に思わなかったが、何故《なぜ》自分で作った太陽石を貰えるのか疑問を浮かべる。

その疑問に店員NPCは、にこやかに答えてくれる。

「こちらの依頼は、岩窟都市のドワーフの方が修業に出る際に使われる依頼なんですよ」

この太陽石の納品クエストは元々、岩窟都市のドワーフたちがこの町に修業に行くついでに受けるクエストだそうだ。

そのため、自身で素材を集めて作った太陽石を北の町まで運び、この町の周辺で採れる素材の扱いを学ぶために北の町に滞在する。

その際に、自分が作った太陽石の使い心地を自身が試すと共に、この寒い土地でも健やかに過ごせるように、ドワーフ王のドーヴェの計らいで運んできた太陽石の一つが報酬として渡されるそうだ。

「「へぇ～」」

俺たちは、その説明を聞いて感嘆の声を上げる。

このクエストには、そうした設定や背景があるのかと感心した。

そうしてクエスト報酬を受け取った俺たちだが、一つしかない太陽石の扱いをエミリさんたちにも相談しようとするが——

「それで、どうする？」

「どうする、って作成したユンくんが貰えばいいんじゃない？」

俺が、みんなに聞くとエミリさんが代表してそう答え、レティーアとベルも頷《うなず》いている。

「クエスト上の重要アイテムは、あくまでコレクション用のアイテムですからね」

「そうそう、誰が持っても同じなら、ユンさんが貰えばいいんだよ～」

「……ありがとう」

俺は3人の気遣いを素直に受け取り、長かった太陽石の納品クエストを終えた余韻に浸る。

「それにしてもクエスト達成まで長くかかったわよね。何日も正体の分からないオルゴイ・コルコイを探し回ったりして大変だったし……」

「他にも、寄り道で溶岩湖で釣りしたり、ガルムたちの巣穴でモフモフできたのは、楽しかったよね」

エミリさんとベルは楽しかった思い出を語り合い、俺は今のクエストチップの所持数を尋ねる。

「今って、集めたクエストチップは、何枚ある？」

「えっと、太陽石のクエスト分を加えると――金チップ47枚ね」

エミリさんが現在のクエストチップの所持数を教えてくれる。

太陽石の納品クエスト以外にも、地底エリアで採取した素材の納品クエストやそれぞれが個別の空き時間で集めたクエストチップを加算した枚数である。

「確か、明後日《あさって》にはみんなのクエストチップを集めて【ギルドエリア所有権】の交換をする予定だよな」

「はい。クリスマス辺りは、知り合い同士や大手ギルドとかの集まりが多いでしょうから、それより前にクエストチップを集計してギルドエリアと交換する予定です」

「目標の金チップ50枚まで、あと少し……もう一頑張りするか？」

俺が全員に尋ねるが、レティーアはぼそりと言葉を呟《つぶや》く。

「でも、疲れましたよね」

そんなレティーアの反応に、俺たちは確かにと苦笑しながらも頷く。

冬イベ前半期間をクエストチップ集めに駆け抜けてきたために、ちょっと一休みしたい気分ではある。

そんな俺たちの思いを汲《く》み取ったベルが提案してくる。

「うーん。それじゃあ、もう集めるのやめて好きなことしちゃう？」

思わずベルの顔を見詰める俺たちにベルは、更に言葉を重ねる。

「私たちが決めた金チップ50枚も、あくまで自己目標だしさ。ここ最近、ずーっとクエストチップ集めが中心だったじゃない。最後くらいは、クエストチップ集め以外の事をして過ごしてもいいと思うよ」

きっと、みんなもクエストチップを沢山集めてくれてるよ、と言うベルの言葉に俺とエミリさんは、レティーアの反応を窺《うかが》う。

ふれあい広場の計画発案者であるレティーアが、やると言えば、俺たちも協力を続けるし、別のことをやりたい、と言ってもこれまでの頑張りを知っているために俺たちは快く協力する。

そんなレティーアの答えは――

「――休みたいです。でも、やりたいこともあるんです」

「……やりたいこと？」

俺がレティーアに聞き返すと、コクリと頷き、やりたいことを教えてくれる。

「【ギルドエリア】を手に入れた時、何もないと寂しいですから。ふれあい広場の完成を祝った料理を用意したいです」

確かに、ふれあい広場が完成して即解散なんて味気がない。

そうしたレティーアの言葉に俺たちは、微笑《ほほえ》ましさを感じて自然と頬が緩む。

「それじゃあ、料理の他にも料理を並べるテーブルも用意した方がいいかもな」

「テーブルの購入なら、インテリア系アイテムを売ってるNPCのお店を知っているからそこに行きましょう」

俺とエミリさんは、料理以外にも必要な物を取り上げ、ベルも料理についての意見を出す。

「今からユンさん一人で料理を沢山は作れないだろうから、今回はNPCのお店で料理を揃《そろ》えない？　レティーなら、色んな美味《おい》しいお店を知ってるでしょ？」

そして、俺たちの視線が集まるレティーアは、自信満々に胸を張っている。

「美味しいお店の案内は任せて下さい」

「ふふっ、なんだか今日は、食べ歩きになりそうね」

レティーアの答えにエミリさんが、楽しげに笑うが、レティーアの食欲はそれだけに留まらない。

「料理を用意するなら、料理人NPCに作ってもらうのもいいかもしれませんね」

レティーアから面白そうな提案を受けて、それについて考える。

「うーん。この時期は、年末の宴会での食材系アイテムの需要が高いし、納品クエストの対象でもあるから、露店とかで買い集めるのは難しいかも……」

「なら、自力で取りに行く必要があるかもな」

一番楽なのは露店での購入であるが、それが難しそうだと言うベルに対して、俺は自力調達の方向を考える。

「食材を取りに行くなら、高原エリアと第一の町の東側の森がいいですね。コカトリスの鶏肉《とりにく》は、唐揚げにローストチキン。スチールカウの牛肉は、ステーキやローストビーフ、ビッグボアの豚肉ならトンカツに角煮、チャーシュー、生姜《しょうが》焼き……」

今から食材調達ができるか考える俺たちにレティーアは、囁《ささや》くように食材アイテムがドロップする場所と、それぞれの食材に対応する料理名を口にする。

「お肉と野菜があれば、その場でバーベキューなんかもできちゃいます……」

「ああ、わかった！　全部できるように食材調達も手伝うよ！」

「ありがとうございます！」

レティーアの囁きに負けた俺が声を上げれば、レティーアは、満足そうに頷く。

そして、今日は家具屋とＮＰＣのお店巡りでテーブルと様々な料理を買い集め、翌日には食材集めと料理人NPCに料理の作成を依頼し、お祝いの準備をして過ごしたのだった。

●

冬イベント前半の最後の追い込みは諦めて、ギルドエリアの入手を祝うための準備に奔走した俺たちは、とうとうクエストチップの集計日を迎えた。

クエストチップの集計日の場所と日時は、事前に決めており、ベルがフレンド通信のメッセージ機能で協力者たちに周知させている。

場所は先月の自発イベントでふれあい広場が開かれた所で、時間は午後2時から午後5時までの3時間、クエストチップの寄付を受け付ける。

俺たちは、その場所で協力してくれるプレイヤーたちが来るのを待っている。

「緊張するな」

「そうですね。人は集まるんでしょうか」

ふれあい広場に興味があるプレイヤーたちが協力してくれるか心配になる俺に、レティーアも相槌《あいづち》を打つ。

「まだまだ時間があるんだし、気長に待ちましょう」

そんな俺とレティーアを励ますようにエミリさんが言葉を掛けてくれる。

そして、ベルも——

「うちのギルドも頑張ってくれたみたいだし、モフモフしながら構えてればいいんだよ！」

俺とレティーアが広場で召喚したリゥイやザクロたちをベルは構い倒しながら過ごしている。

俺のリゥイやザクロ、イタズラ妖精のプラン。レティーアの使役ＭＯＢたちとこれだけの使役ＭＯＢが集まることで非常に目立っている。

そんな中で、最初の協力者たちがやってきた。

「やっほー、みんな。寄付しに来たわよ」

「どうやら、俺たちが最初みたいだな」

「ふれあい広場の完成、手伝いに来たよ」

「マギさんたち、いらっしゃい！」

最初に来たのは、マギさんとクロード、リーリーたちだった。

３人は、それぞれのパートナーである魔氷狼《フェンリル》のリクールや幸運猫《ラック・キャット》のクツシタ、不死鳥のネシアスたちを連れている。

「早速、私たちからのクエストチップね」

「「ありがとうございます！」」

マギさんたちから金のクエストチップ3枚の寄付を受け取った俺たちは、お礼を言う。

「これで金チップ50枚……中サイズのギルドエリアでふれあい広場が作れます」

レティーアが嬉《うれ》しそうに報告すると、マギさんたちも微笑ましそうな目で見つめ返してくる。

「それじゃあ、ふれあい広場の完成までここで過ごさせてもらうわね」

「そうだな。この後から来るプレイヤーたちと交流するためにも待たせてもらおう」

マギさんにクロードが相槌を打ちながらも、広場の一角にテーブルを広げて、お菓子と飲み物を用意して完全に寛《くつろ》ぐ態勢を取っている。

そんなお菓子に目が釘付《くぎづ》けのレティーアは、クロードから分けて貰《もら》い、幸せそうに食べている。

「ねぇ、エミリっち？　クエストチップが何枚まで集まったか分からないと、不便じゃない？　僕、スコアボードみたいな物を作ろうか？」

「考えても無かったけど、そうね。お願いできるかしら」

「任せてよ。サクッと作っちゃうね！」

リーリーは、エミリさんに提案した木製のスコアボードを作り始め、クエストチップを寄付する場所に置いていく。

リーリーのスコアボードのお陰で、一目でどれだけのクエストチップが集まっているのか視覚的に分かりやすくなった。

そして、スコアボードの存在も目印になったのか、その後もポツポツと俺たちのふれあい広場に協力してくれるプレイヤーたちが集まってきた。

俺たちは、彼らと二、三言葉を交わしてからクエストチップを受け取り、スコアボードの表示が少しずつ増えていく。

その一方、クエストチップの寄付を終えたプレイヤーたちは広場の一角に集まり、プレイヤー同士の情報交換や談笑をしたり、自身のパートナーの使役MOBを召喚して他の使役MOBたちと交流している。

そして、クエストチップの寄付の受付からしばらく経《た》ち、エミリさんのメニューにメッセージが届く。

「あっ、来たわね。ちょうど処理が終わったみたい」

「エミリさん、何が来たの？」

不思議そうに俺が尋ね、レティーアも気になってエミリさんのことを見詰める。

ベルだけが内容を知っているらしく楽しそうな笑みを浮かべる中で、エミリさんが答えてくれる。

「私たちと協定を結んだプレイヤーたちは全員が全員、寄付の受付時間にログインできるわけじゃないからね。事前に、システムに預けていたクエストチップが私たちの所に届くように契約していたのよ」

システムに預けていたクエストチップは、ログアウトでプレイヤー本人が不在でも時間になれば、エミリさんの所に届くようになっていたのだ。

「それじゃあ、これは……」

「私たちと協定を結んでいるプレイヤーたちからの寄付ね。あと、彼らの知り合いのプレイヤーたちからもクエストチップが一緒に送られてきたみたい」

クエストチップが届くと同時に、事前に用意していたメッセージも添えられており、俺たちはその内容に目を通して嬉しい気持ちになる。

そして、次に寄付に来たプレイヤーは10人を超える集団であり、その子たちを見つけたベルが勢いよく立ち上がって声を掛ける。

「みんな、来てくれてありがとう！　待ってたよ～」

「もう、羨ましいですよ！　ベルさんだけ、ずっとレティーアさんのモフモフたちと一緒に居て！」

気安く話し掛けてくるプレイヤーたちをベルは、快く出迎える。

プレイヤーたちの中には、俺たちがクロードの【コムネスティー喫茶洋服店】を手伝った時に、ベルに話し掛けていたお客さんもいた。

「彼女たちは、ベルのギルド【ケモモフ同好会】の子たちね」

「ああ、あの子たちが……」

俺は納得すると共に、【ケモモフ同好会】のギルドメンバーたちが俺たちの方にも顔を向ける。

「私たちギルド【ケモモフ同好会】は、モフモフたちとのふれあい広場に全力で協力させてもらいます！　ぜひ、これをお納め下さい！」

そう言って差し出してきた袋を受け取ったレティーアは、袋の重さと中でメダル同士が擦《こす》れる音に驚いている。

「こ、こんなに貰っていいんですか？」

「ぜひ、モフモフたちのために貢《みつ》がせてください！」

少し動揺するレティーアに、逆に【ケモモフ同好会】のメンバーに懇願されてしまう。

「はいはい。協力してくれてありがとうね～。あっちの方でモフモフたちを呼び出している人たちがいるから、交流してくるといいよ」

寄付の終わったギルドメンバーたちをベルが、他のプレイヤーの集まる場所に誘導する。

ただ、最後にボソッと私も加わりたいくらいなのに、と少し恨みがましく言っている。

使役MOBとのふれあい広場の計画責任者の一人なために、目の前の光景にグッと堪《こら》えているのだろう。

そして、大分人数が集まっているために、ただの談笑から発展して、バーベキューを始めたり、その場でインベントリに入っている料理を取り出して使役MOBたちと一緒に飲み食いして楽しんでいる。

「もはや、俺たちが食べ物を用意する必要は無かったかな？」

「大丈夫ですよ。もしも残っても私が責任持って食べますから」

他のプレイヤーたちからバーベキューや取り分けられた料理の差し入れを受け取って食べるレティーアが力説する。

その後も寄付してくれるプレイヤーたちが集まり、順調にクエストチップの数を積み重ねていき、もう間もなく寄付の受付時間が終わりに差し掛かる。

「そろそろ受付が終わりますが、今のクエストチップは、何枚ですか？」

「ちょっと待って。現在は――金チップ97枚相当ね」

レティーアの問い掛けに、直近の寄付されたクエストチップを計算したエミリさんが答え、ベルがスコアボードの数字を変えていく。

「残り、金チップ3枚。私たちがお祝いの準備をするより、目標の金チップ50枚を目指し続けた方が良かったんでしょうか……」

寄付の受付終了まで残り10分の段階で、レティーアがそんな悔いるような言葉を口にする。

俺としては、それほど悲観することじゃないと思っている。

広場に集まったプレイヤーたちに少しずつ追加の寄付をお願いするなり、これからクエストに出掛けて集めるだけでも間に合う程度だ。

そんな受付時間のギリギリ——既に広場には大勢のプレイヤーや彼らが召喚する使役MOBたちが集まり奥の方が見通せない中で、人の間を掻《か》き分けるようにやってくる集団が居た。

「はぁはぁ……間に、合った！」

「はぁはぁ……ライちゃん。みんなを集めてギリギリまでクエストチップを集めるのは、止《や》めようって言ったよね！」

息を切らしながら人の間から飛び出してきたのは、ライナとアル。そして、二人に率いられた初心者プレイヤーの一団が現れ、俺たちは驚き目を見開く。

「私たちギルド【新緑《しんりょく》の風《かぜ》】のライナとアル。それと――」

「僕たちが迷宮街までキャリーしたプレイヤー16名からのクエストチップ、受け取って下さい！」

クエストチップが入ったと思《おぼ》しき袋を差し出すライナとアルに俺たちは、目を瞬《しばたた》かせる。

「えっ……ライナとアルの分は別としても、流石《さすが》に初心者たちからは受け取れないぞ」

俺がなんとか言葉を絞り出すと、呼吸の整ったライナとアルが微笑《ほほえ》みを浮かべている。

「彼らは、ユンさんが融通してくれたアイテムの世話になったのよ！　だから、その分のお返しよ！」

「それに、彼らも納得して無理のない範囲で協力してくれたんですよ」

そう説明するライナとアルから視線を逸《そ》らして、二人に引き連れられた初心者プレイヤーたちが口々に感謝の言葉を述べていく。

『貴重なアイテムを俺たちに譲ってくれてありがとうございます』『キャリーの途中で倒れたけど、蘇生《そせい》薬のお陰で無事に迷宮街まで辿《たど》り着けました！』『これで冬イベ後半の限定エリアに参加できます！』

そのような感謝の言葉が次々と送られて、気恥ずかしさを感じる。

そして、再びライナとアルに視線を戻し、二人からクエストチップの入った袋を受け取る。

「それじゃあ、ありがたく受け取らせて貰うな」

「「はい！」」

二人の元気のいい返事を聞き、エミリさんたちと一緒に袋に入ったクエストチップを集計する。

初心者の集まりであるために銅チップが多いが、中には金チップや銀チップが交じっているのはライナとアルが用意した分だろう。

それらのクエストチップを集計した結果——

「現在——金のクエストチップは１０４枚集まりました！　これで、ギルド【新緑の風】はギルドエリア所有権を交換することができます！　皆さん、ご協力ありがとうございました！」

代表となるレティーアが珍しく声を張り上げ、広場に集まるプレイヤーたちに報告と共に深々と頭を下げてお礼を言う。

レティーアに続き俺やエミリさん、ベルも同じように頭を下げてお礼をする。

そんな俺たちの頭の天辺《てっぺん》には、生温《なまあたた》かい視線が注がれ、声が飛んでくる。

「すぐに、ギルドエリアを交換しようぜ！」「そうだな。ふれあい広場を作ってそこでお祝いだ！」「俺のパートナーたちも広い場所で走らせたいから早く頼むよ！」

早速、ギルドエリアを交換してふれあい広場を作ることを求める声が各所から上がり、俺たちは、自然と笑みが零《こぼ》れる。

「早速、ギルドエリアを交換して、ふれあい広場を作りましょうか」

「みんなが寄付してくれたクエストチップを金チップに両替しないといけないし、そろそろ夕飯時だから休憩も必要じゃないか？」

レティーアに対して俺がそう言うと、少し考え込む。

「それじゃあ、諸々《もろもろ》の準備をするために休憩を取りますか」

「そうね。それじゃあ、再開は夜の8時で良《い》いんじゃない？」

「みんなー、聞いた？　ここで一旦解散して、夜の8時に再集合するよー！　それまでに休憩したり食べ物の準備を済ませておいてねー！」

レティーアとエミリさんが再開時間を決めて、ベルがそれまでに準備をするように促してくる。

俺たちの指示を受けたプレイヤーたちがそれぞれの休憩や準備のために動き始めるのを

見送りながら、俺たちもクエストチップの両替やログアウトしての夕飯などを済ませるのだった。

終章【ふれあい広場と再編されるギルド】

ふれあい広場の作成に協力してくれたプレイヤーたちが再集合した夜の8時——

クエストチップの寄付の時にはログインできなかったプレイヤーたちも加わり、更にあの場所に居たプレイヤーたちも知り合いを集めて、更に人数を増していた。

「結構、集まってる。これは、早めにギルドエリアを作って誘導しないと、通行の邪魔になりそうね」

休憩や諸々の準備を終えて【素材屋】から水妖精を連れてきたエミリさんは、周囲を見回しながらそう呟《つぶや》く。

「ねぇ、私を連れてきて何かあるの？」

「ふふっ、ちょっとしたお祝いがあるのよ。ぜひ、あなたにも参加してほしくてね」

「それじゃあ、美味《おい》しいお菓子はある？」

水妖精の質問にエミリさんが、もちろんと頷《うなず》けば、水妖精はほんのりと嬉《うれ》しそうに表情を綻ばせる。

そんな中、ギルド【新緑《しんりょく》の風《かぜ》】のギルドマスターであるレティーアは、この場に集まるプレイヤーたちより一段高い場所に立ち、注目を集める。

「すー、はー……」

深呼吸をして気持ちを落ち着けていくレティーアは、みんなから集めた金のクエストチップ100枚を使い、大サイズの【ギルドエリア所有権】を交換する。

「それじゃあ、行きますよ。――ギルドエリア生成！」

その掛け声と共に、事前に決めていた設定でOSO内にギルドエリアが生まれ、この場に集まるプレイヤーたちを連れてギルドエリアに移動する。

そして、俺たちは、【新緑の風】のギルドエリアに降り立った。

「やっぱり、出来たてのエリアって何もないよなぁ……」

一人苦笑する俺は、夜風が吹き抜けるギルドエリアを見回す。

草原と温暖な気候、そして現実と同期する夜空という何の特徴もない場所だ。

暗く、月明かりだけが照らす草原にプレイヤーたちが降り立つと、光魔法が使えるプレイヤーたちが次々と《ライト》の魔法を打ち上げて周囲に明かりを灯《とも》していく。

また、広場でバーベキューや飲み食いをしていたプレイヤーたちは、ここでも荷物を広げて寛《くつろ》ぎ始め、調教師プレイヤーたちは、自身のパートナーたちを召喚し始める。

「俺も呼ぶか。リゥイ、ザクロ、プラン――《召喚》！」

「私も……皆さん、来てください！――《召喚》！」

俺とレティーアも他の調教師プレイヤーたちに倣《なら》って、使役MOBたちを呼び出す。

特に、多数の使役MOBを抱えるレティーアの召喚は、それだけで圧巻であり、他のプレイヤーたちからも声が上がる。

ただ、召喚されたレティーアの使役MOBたちも思い思いに過ごし始め、レティーアの傍《そば》に寄り添ったり、他のプレイヤーに食べ物を強請《ねだ》りに行ったり、他の使役MOBたちとじゃれたりと思い思いに過ごし始める。

その一方、広々とした土地を目にしたエミリさんの水妖精は、目を輝かせている。

「わぁ……広い！」

水妖精の様子を見たエミリさんは、微笑みを浮かべて話し掛ける。

「実は、このギルドエリアの一角に畑を作る許可を貰《もら》っているのよ。前々から広々とした土地で植物を育てたがっていたでしょ？　だから、この土地で植物を育ててみない？」

エミリさんの提案を受けた水妖精は、目を瞬かせ、言葉の意味を理解して目元をじんわりと潤ませて嬉しそうに微笑む。

そして、潤んだ目元を拭った水妖精は、エミリさんからの素敵なプレゼントのお返しとして顔に近づき――

「ありがとう、覚えていてくれて！」

そう言って、エミリさんの頬に軽い口付けをすると、空中から水のように青く澄んだ宝石が現れる。

「これは……召喚石？」

「うん！　名前も付けてくれると、嬉しいな」

クスクスと笑う水妖精と念願の契約ができたことに、エミリさんは嬉しそうにはにかんでいる。

そんなエミリさんと水妖精のやり取りを見守っていた俺とレティーアとベルは、落ち着いたタイミングを見計らって、祝いの言葉を送る。

「「「エミリさん、おめでとう！」」」

俺たちからの祝いの言葉を受けたエミリさんは、こちらに振り向き、少し気恥ずかしそうに答えてくれる。

「ありがとう。みんなのお陰よ」

「ねぇねぇ、それで水妖精の子の名前は決まってるの？」

エミリさんからのお礼の言葉を聞き、ベルが水妖精の名前を尋ねれば、エミリさんは水妖精の子をジッと見詰める。

「名前は——ディーネよ。錬金術の四大元素を司《つかさど》る水の精霊ウンディーネから取ったわ」

「ディーネ！　私の名前は、ディーネ！」

今日は、一度に二つも大事な物を贈ってくれた、と水妖精のディーネが空中を踊るように飛び回る。

「それじゃあ今度は、俺から全員にギルドエリアを入手した祝いをプレゼントだ」

「全員ってことは、私たちもですか？」

「ユンさんは、何をくれるのかなぁ？」

突然の俺からのプレゼント宣言に、レティーアが小さく驚き、ベルがワクワクしたような顔をしている。

そして、俺はエミリさんやレティーア、ベルたちの前に、【アトリエール】でも栽培している薬草の種に、樹木や果樹の苗木、養蜂箱などの畑や森林などの環境作りに必要なアイテムを取り出していく。

「わぁ、植物の種や苗木！　これ育てて良いの!?」

インベントリから次々と取り出すアイテムを見て、水妖精のディーネは嬉しいことの連続で興奮しっぱなしになり、エミリさんが苦笑を浮かべている。

そんな俺たちのやり取りを見てレティーアとベルは、少し悔しそうに表情を歪《ゆが》めている。

「ふれあい広場のためのギルドエリア入手を目標にしていたので、環境作りに必要なアイテムを失念してました」

「私もギルドエリアを入手した後のことは完全に考えて無かったよ！　こうなったら、ギルドエリア用のオブジェクトアイテムを交換するためのクエストチップを集めるしかないね！」

「はいはい。それは追い追い揃《そろ》えていくとして早速、植えたい物があるのだけどいいかしら」

そう言ってレティーアとベルを窘《たしな》めたエミリさんは、俺たちを連れて、草原の一角に向かう。

「この辺りが良さそうね」

大体の場所を決めたエミリさんは、インベントリから大きな植木鉢で育てていた桃藤花《とうとうか》の若木を取り出す。

鉢植えの中では樹木の成長が制限されており、現状での最大サイズである。

エミリさんは、そんな桃藤花の若木の植え替えを行い、俺たちもそれを手伝う。

最後に、４人で若木の根元の地面を押さえるように手を付け、水妖精のディーネがたっぷりと水を撒《ま》いていく。

そして、それが合図だったように周囲の風が渦巻き、一つの姿を形取っていく。

『――キャンキャンッ！』

「うおっ⁉　早速、ガルムの子が来た⁉」

唐突な出現に俺が驚きの声を上げるが、レティーアは、現れたことにすぐに順応して話し掛ける。

「お祝いに来てくれたんですか？　ありがとうございます」

『――キャン！』

レティーアの言葉にガルムが返事をするように鳴くと、俺たちの目の前の空間が歪み、そこから小さな小石のような物が吐き出されるように出てくる。

俺は、慌てて飛び出してきた小石を受け止め、それが何かマジマジと確かめる。

「これは……【守護霊《しゅごれい》の紫水晶《むらさきすいしょう》】？」

ガルムの子がくれたのは極小サイズではあるが、【守護霊の紫水晶】というアイテムであった。

通常、アンデッド系ＭＯＢを倒した時の共通のレアドロップであり、突然渡されたことに俺は驚いてしまう。

「遊びに来た手土産なんでしょうか？　とりあえず、料理があるので楽しんで下さい」

レティーアは、【守護霊の紫水晶】に興味がなく、ガルムの子を連れて宴《うたげ》の中心地に戻っていく。

そんなガルムの後ろから手をワキワキと怪しく動かすベルが後を付いていく。

「ええっ……これ、なんで貰ったの？」

「ガルムたちは、冥界から逃げ出す亡者《もうじゃ》を狩っているってメダルのフレーバーテキストにあったから、あの子が自分で狩ってきた物じゃない？」

「マジかぁ……」

確かに、ガルムの長から貰った【冥界ノ狼犬《おおかみけん》のメダル】には、そのようなフレーバーテキストが書かれており、メダルの素材自体も【守護霊の紫水晶】だった。

俺のイタズラ妖精のプランや【アトリエール】を訪れる妖精たちは【妖精の鱗粉《りんぷん》】を、レティーアのラナー・バグのキサラギは鉱石系アイテムを食べて金属糸《きんぞくし》を生み出す。

それと同じように、友好的なガルムの子からは【守護霊の紫水晶】を貰えるようだ。

「それで、この【守護霊の紫水晶】どうしよう？　エミリさん、居る？」

「流石《さすが》に、これ以上は貰い過ぎになるから、今回は遠慮するわ」

それに、今後もガルムの子が遊びに来る場合には、【守護霊の紫水晶】をお土産に持ってくる可能性があるために、俺に譲ってくれるようだ。

「ありがとう、エミリさん」

「それより、私たちもレティーアとベルを追いましょう」

俺とエミリさんは、レティーアとベルの後を追いかけ、ふれあい広場の作成に協力してくれたプレイヤーたちに挨拶をしていく。

生産職仲間のマギさんやリーリー、クロードたちとは、あまり長く会話できなかったが、他の調教師プレイヤーやそのパートナーたちとも交流できて楽しそうに過ごしていた。

今後は、調教師プレイヤーたちとの交流の場や様々な使役ＭＯＢの好みに合わせた環境作りを行なっていくが、今はギルドエリアの入手を喜び合う。

「ねぇねぇ、ムツキ。私をちょっと、背中に乗せてくれないかな？」

そして、プレイヤーたちへの挨拶を終えて場の雰囲気が落ち着いてきたところで、ベルがガネーシャのムツキに背中に乗せてもらえるように頼み始める。

ベルを一瞥《いちべつ》したムツキは、一度レティーアに目を向けると、ガルムの子と一緒に料理にありついているレティーアが食べ物を頬張った状態で頷《うなず》いている。

俺とエミリさんが不思議そうに首を傾《かし》げている間にも、レティーアの許可を受けたムツキが象の長い鼻をベルの腰に巻き付けるようにして背中に運んでいく。

そして、大型ＭＯＢのムツキの背に乗ったベルは、この場にいるプレイヤーたちに向けて、大きな声で宣言する。

「みなさーん！　私たちギルド【ケモモフ同好会】は、レティーのギルド【新緑の風】を主体として合併しまーす！」

「ごふっ⁉　べ、ベル⁉」

突然のベルの宣言に噎《む》せ返ったレティーアは、ムツキの背に立つベルを見上げている。

「ベル、どういうことですか？　【ケモモフ同好会】が合併って、聞いてませんよ」

「いや～、ここまで関わったなら、いっそギルドを合併した方がいいかな、と思ってね！」

レティーアの抗議の言葉にベルは、悪びれた様子もなく言い切る。

「そもそも、双方のギルドメンバーたちの了承は得ているんですか？」

「もちろん！　全員、説得済みだよ！」

そういうベルの言葉に、ライナとアルは申し訳なさそうに頭を下げ、【ケモモフ同好会】のギルドメンバーたちも同意するように頷いている。

元々ライナとアルは、中小ギルドの繋《つな》がりで【ケモモフ同好会】のギルドメンバーたちとパーティーを組んで冒険に出ることもあり、ギルドの合併にも特に抵抗はないようだ。

ベルが裏でギルドの合併を計画していたことに気付いたレティーアは、ベルに恨みがましい目を向けるが、すぐに溜息《ためいき》を吐《つ》く。

「……はぁ、ギルドの合併はわかりました。ただし、【新緑の風】より【ケモモフ同好会】の方がギルドメンバーが多いんですからギルマスなら、ベルがやるべきでしょう」

ギルドの合併は納得したレティーアではあるが、ギルマスの立場をベルに譲ろうとする。

だが、ベルも譲れない物があり――

「やっぱり、ギルマスはレティーの方だよ！　可愛《かわい》いし、モフモフたちが集まるギルドマスターは、調教師のレティーが相応《ふさわ》しいよ！」

「いえ、ギルド運営ができるベルの方ですよ」

「いやいや、レティーが……」

「いえいえ、ベルの方が……」

互いにギルドマスターの立場を押し付け合う二人だが、どちらも譲らないためにジャンケンで白黒ハッキリと決める。

もちろん、負けた方がギルドマスターだ。

「「最初はグー！　ジャンケン――ポン！」」

大勢が見守る中でのジャンケン勝負は、ベルが勝ち、レティーアが負けてギルドマスターの立場から逃げられなかった。

その事実にふて腐れるレティーアは、近くに居るガルムの子に慰めてもらうために抱き上げ、頬擦りして癒やされている。

「ほら、前にも言ったよね。ギルドの運営とかは、私がサブマスになって頑張るから！　レティーアは、モフモフたちと一緒に私たちにチヤホヤされるだけでいいから！」

ベルの説得に眉間に皺《しわ》を寄せるレティーアは、唸《うな》り声を上げつつも最後は、諦めたように呟《つぶや》く。

「むぅ……わかりました」

「やったぁ！」

こうして、みんなの前でベルが宣言した通り、ギルド【新緑の風】と【ケモモフ同好会】の合併が行なわれたのだった。

更に、ギルドの合併に便乗して、この場に集まったプレイヤーたちからも声が上がる。

「【ケモモフ同好会】のメンバーたちだけ、レティーアちゃんのギルドに入れて羨ましい。私たちも入りたい！」

「前々から調教師プレイヤーたちが集まるギルドに入りたかったんだよ！」

「レティーアちゃんは調教師として有名だから、ギルドメンバーを募集したら、入りたいとずっと思ってたんだよ！」

「使役MOBたち可愛いから、ギルドメンバーになって食べ物を貢《みつ》ぎたいんです！」

この場から次々に、ギルド【新緑の風】への加入希望の声が上がり始める。

また、同じギルドメンバーであるライナとアルがレティーアに向けておずおずと手を上げて聞いてくる。

「あのー、レティーアさん？　私たちが迷宮街までキャリーした人たちが……」

「【新緑の風】に入りたいって言っているんですけど、どうしましょうか？」

そんなライナとアルの周囲にいる初心者たちは、二人に助けられたためにそんな二人のいるギルドに加入したい、と期待の籠もった目をレティーアに向けている。

そんな様々な声を受けたレティーアは、少し考え込み――

「……わかりました。加入希望者は、受け入れます。ですけど、私はギルドマスターを頑張りません！　だから、皆さんが全力で私と使役MOBたちを支えて下さい！」

そんな宣言をするレティーアの言葉を聞き、ギルド加入希望者たちからは歓声が上がり、このやり取りを見守っていた人たちからギルド【新緑の風】への加入を祝して拍手が送られている。

満面の笑みを浮かべるベルは、嬉々《きき》としてサブマスター権限で次々とギルド加入の申請

を受理していく。

なし崩し的にギルドの合併と規模拡大をしたレティーアではあるが、ギルドメンバーたちが自分を支えて、貢ぎ、甘やかしてくれるようなので満更でもない様子だ。

「そうだ。ユンさんとエミリさんもこの流れに乗って【新緑の風】に入りませんか？」

「あっ、いいね！　そしたら、もっとギルドにモフモフたちが増えるね！」

そして、レティーアがノリと勢いで俺とエミリさんをギルドに勧誘し、話に聞き耳を立てていたベルも賛同しているので、俺は苦笑を浮かべる。

「ありがたいけど、断らせてもらうよ。けど、ふれあい広場には遊びに来ると思う」

「まぁ、ユンさんなら、そう言いますよね」

「残念だな～。でも、気が変わったら教えてね！」

ギルド勧誘を俺が断ったことで、レティーアとベルは素直に引いてくれる。

「では、ユンさんには、名誉ギルドメンバーにしましょう。ギルドの協力が必要な時は手伝わせますよ、ギルドメンバーたちに」

「名誉ギルドメンバーって何だよ。それに、そこはレティーアが率いて手伝ってくれないんだな」

早速、他力本願なことを言うレティーアに俺は、全くと小さな笑みが零《こぼ》れてしまう。

　俺とレティーアたちがそんなくだらないやり取りをしている間、エミリさんは顎に手を当てて真剣に考え込んでいることにベルが気が付く。

「えっ、もしかして、エミリさん……」

「部外者がギルドエリアの一角を借りるのは問題だし、今までも一緒に冒険してて今更感はあるけど、入らせてもらおうかしら。レティーアたちのギルドに」

　自嘲気味に笑うエミリさんの言葉を聞いたレティーアとベルは、驚きの表情を浮かべる。

　だが、それもすぐに一転してレティーアは柔らかな笑みを、ベルは感情を爆発させたような喜びに変わる。

「エミリさん。ようこそ【新緑の風】へ」

「やったぁ！　エミリさんが入ってくれた！」

「ええ、今更だけどお世話になるわ」

　ギルド【新緑の風】に加入することを決めたエミリさんをレティーアとベルが温かい言葉で迎え入れる。

「それじゃあ、早速、二人目のサブマスの役割をお願いしますね」

「あっ、いいね！　エミリさんは真面目だから、ギルドの管理に向いてるよね！」

「ええっ!?　それはちょっといきなりじゃない？」

ギルド加入直後に、いきなりサブマス指名されてエミリさんは狼狽《うろた》える。

そして、ちょっと引き攣《つ》った表情で斜め上を見上げて、早まったかなぁ、などとぼやいていた。

そうして、ふれあい広場の基礎となるギルドエリアの入手を祝う宴《うたげ》は、過ぎていく。

この時、合併と新たなギルドメンバーを加えたギルド【新緑の風】は、かつての小規模ギルドから、それなりの規模のギルドに一気に成長した。

総勢60人以上のギルドメンバーを持ち、調教師プレイヤーが多く在籍する調教ギルドとして新たなスタートを切るのだった。

●

OSOの冬イベも前半が終わりに差し掛かる中、俺たちは目標だったギルドエリアを手に入れた。

レティーアたちは、エミリさんやベルたち再編されたギルド【新緑の風】のメンバーたちと一緒にふれあい広場の作成をしている頃だろう。

そして、クリスマスイブ当日——日中はリアルの方でミュウとタク、実家に帰省したセイ姉ぇと共に例年通りのクリスマスイブを過ごし、夜にはOSOにログインしてギルド【ヤオヨロズ】のクリスマスパーティーに参加する。

大勢のプレイヤーたちが料理と飲み物を囲み、今年一年の出来事や苦労を語り合いながら、冬イベント後半のアップデートを待っている。

そんな忘年会も合わせたクリスマスパーティーで俺は、ミュウたちと談笑して過ごす。

「ねぇ、ユンお姉ちゃん。クエストチップは、集まってるの？」

「ああ、無事に目標の数まで集まったよ」

冬イベントが始まり、俺がクエストチップ集めに奔走していることは、リアルを通じてミュウとタクは知っている。

「ユンちゃんは、クエストチップを集めてたのね。それで何が欲しかったの？」

セイ姉ぇも話に加わり、不思議そうに聞いてくる。

「レティーアが使役MOBのためのふれあい広場を作りたいから、ギルドエリアの入手を手伝ったんだよ」

現在は、レティーアたちギルド【新緑の風】がエリア内を整備しており、それが終われば、誰でも入場可能なギルドエリアとして公開することを説明する。

それと同時に、昨日の祝いの場に集まった調教師プレイヤーたちが召喚した使役MOB

たちのスクリーンショットをミュウやセイ姉ぇにフレンド通信で送る。

俺自身が撮ったスクショの他にも、マギさんやクロード、リーリー、それに他のプレイヤーたちが撮ってスクショデータを交換したのだ。

そうして集まった使役MOBたちのスクショをミュウとセイ姉ぇに見せれば、二人は感嘆の声を漏らしている。

「わぁ、沢山のモフモフたち！　楽しそう！」

「色んな使役MOBたちが集まるのね。ふふっ、私も今度行ってみようかしら」

ミュウとセイ姉ぇは、送られてきたスクリーンショットに写る使役MOBたちに目を輝かせて、キャッキャと楽しそうな声を上げている。

「ユン。話はそれだけじゃないだろ？」

「それだけって？」

そんな使役MOBたちのスクリーンショットで和む俺たちに、タクがそう言葉を投げ掛けてくる。

俺は、何のことを言われているのか見当が付かないが、タクに指摘されて思い至る。

「ふれあい広場を計画した中小ギルドがこれを機に、吸収合併してギルドの規模拡大をしただろ」

「ああ、そのことか」

「総勢60人以上の調教ギルドってジャンルだけど、調教師プレイヤー自体が使役ＭＯＢで頭数を揃《そろ》えられるから、実際より大きな戦闘集団だぞ」

タクの言うように、外部から見たらそのような集団に見えるだろう。

だが、実際にはレティーアとベルでギルマスの席を押し付け合い、使役ＭＯＢたちが大好きな調教師たちの集まりで、初心者の支援で恩を感じた初心者たちを受け入れるような緩いギルドだ。

そのギャップに一人で思い出し笑いをする俺は、その事実を心の中に留《とど》めておく。

「ぷふっ、ユンお姉ちゃんのリゥイとザクロがクリスマスの格好してる」

「可愛《かわい》いわね。トナカイのカチューシャに小っちゃなサンタ帽ね」

俺が渡した数多《あまた》のスクリーンショットを見ているミュウとセイ姉ぇから楽しげな声が聞こえる中、唐突に黄色い声が上がり振り返る。

「ミュウ、セイ姉ぇ、どうした？」

「ユンお姉ちゃん！　なにこのスクショ、可愛い!?」

「メイド服姿のユンちゃん、いつ撮ったスクショなのかしら。これ、クロードさんのお店よね」

俺も一瞬訳が分からず、ミュウたちが見ていたスクリーンショットを覗《のぞ》き込む。

「はぁ？　って、ちょ!?　なんで、そのスクショがあるんだよ!?」

「なんだ？　ミュウちゃんとセイさんは何を見たんだ？」

「タクは、見なくていい！」

タクも覗き込もうとするので俺は、タクの体をグイグイと押し返して見せないようにする。

恥ずかしさから顔の熱くなる俺がスクショを見れば、俺がレティーアたちとメイド服姿で【コムネスティー喫茶洋服店】を手伝った時の姿が写っていた。

何故《なぜ》、このスクショがミュウたちに渡したスクショのデータに交ざっていたのか調べる。

俺も無造作にスクショを交換していたために、全部のスクショを把握しきれていなかった。

そして、ミュウたちに送ったスクショデータを確認した俺は、クロードと交換したスクショの中に、メイド服姿で【コムネスティー喫茶洋服店】を手伝った時の物が交じっていたことに気付く。

「全く、クロードのやつはいつの間に撮ったんだ……」

高笑いするクロードの姿を幻視し、ガックリと肩を落とす俺は、ミュウたちを説得する。

「ミュウ、セイ姉ぇ！　そのスクショを消してくれ！」

「えー、やだよ。ユンお姉ちゃんの可愛い格好なんだもん。後で、ルカちゃんたちと一緒に見よう」

「私もユンちゃんのスクショ、大事に残しておくわ」

俺がスクショを消すように要求するが、ミュウとセイ姉ぇには拒否されてしまう。

「ほら、タクさんも、ユンお姉ちゃんたちの可愛いメイド服姿だよ！」

「うわっ、タクにも見せるなよ！」

俺がミュウの暴挙を止めようとするが、タクにもガッツリと見られてしまい、更に恥ずかしさを感じる。

「あー、今度はメイド服か。今までもシスター服や巫女《みこ》服、水着とか着てたし、今更だろ」

呆《あき》れたような顔のタクに指摘されるが、それでも恥ずかしいものは恥ずかしいのだ。

「そんなことより冬イベ後半の前に消費アイテム補充したいから、手持ちのアイテム売ってくれないか？」

「くそぅ、俺の葛藤をそんなこと扱いして……」

軽く流すタクに俺は、軽く恨みがましい目を向ける。

「あっ、ユンお姉ちゃん、私も、アイテム欲しい！」

「そうね。私もユンちゃんから買おうかしら」

そして、タクに便乗してミュウとセイ姉ぇからも消費アイテムの購入を頼まれた俺は、溜息《ためいき》を吐《つ》きながら必要アイテムを聞き出す。

「おーい、タク！　まだ冬イベ後半のアプデまで時間があるし、クエストでも受けて時間潰さないか？」

「わかった。今行く！」

「セイ、ちょっと着てくれるか？」

「ミカヅチ？　ええ、分かったわ」

その後、タクはガンツに誘われてクリスマスパーティーを抜け出し、ミカヅチに呼ばれたセイ姉ぇも離れていく。

タクとセイ姉ぇと入れ替わるように、ミュウパーティーのルカートたちも俺たちの所に集まり、しばらくして離れていく。

そうして俺の周りでは、知り合いのプレイヤーたちが入れ代わり立ち代わり集まって、様々な話をする。

クリスマスイブの夜は、ＯＳＯ冬イベント後半から始まる期間限定エリアを全員が期待や楽しみから落ち着きのない様子で待っている。

俺は、それを眺めながら、サンタクロースを待つ子どもみたいだ、と一人苦笑しながらも自分自身もその一人だと思いながら過ごすのだった。

―ステータス―

NAME：ユン
武器：黒乙女《くろおとめ》の長弓《ながゆみ》、ヴォルフ司令官の長弓
副武器：マギさんの包丁、肉断ち包丁・重黒《じゅうこく》、解体包丁・蒼舞《そうぶ》
防具：CS《クロード・シリーズ》No.6オーカー・クリエイター（夏服・冬服・水着）

アクセサリー装備容量（6／11）
・フェアリーリング（1）
・身代わり宝玉の指輪（1）
・射手の指貫《ゆびぬき》（1）
・神鳥竜のスターバングル（3）

予備アクセサリーの一覧
・夢幻の住人（3）

・園芸地輪具（1）
・土輪夫の鉄輪《かんなわ》（1）
・ワーカー・ゴーグル（2）

所持SP《センス・ポイント》72
【長弓Lv57】【魔弓Lv55】【空の目Lv55】【看破Lv60】【剛力Lv33】【俊足Lv54】
【魔道Lv51】【大地属性才能Lv40】【錬成Lv33】【潜伏Lv20】【付加術士《ふかじゅつし》Lv35】
【念動Lv23】
控え
【弓Lv55】【調薬師Lv55】【装飾師Lv20】【調教師Lv31】【料理人Lv30】【泳ぎLv26】【言語学Lv29】【登山Lv21】【生産職の心得Lv45】【身体耐性Lv5】【精神耐性Lv15】【急所の心得Lv20】【先制の心得Lv21】【釣りLv18】【栽培Lv28】【炎熱耐性Lv20】【寒冷耐性Lv4】

・暖炉のダンジョンを攻略し、強化素材【悪魔獅子《しし》の鬣《たてがみ》】を手に入れた。

・【コムネスティー喫茶洋服店】の臨時店員として働き、メイド服を手に入れた。
・岩窟都市でドワーフ王・ドーヴェの依頼を完遂し、【太陽石】を手に入れた。
・隠しエリア――【ガルムの巣穴】を発見し、冥府ノ狼犬《おおかみけん》・ガルム一族と友好を深めた。
・ギルド【新緑の風】は、ギルドエリア【ふれあい広場】を手に入れ、【ケモモフ同好会】との合併、新規ギルドメンバーが加入して調教ギルドとして再編成された。
・OSO冬イベント後半から始まる期間限定エリアは、もう間近に迫っている。

あとがき

初めましての方、お久しぶりの方、こんにちは。アロハ座長《ざちょう》です。

この本を手に取って頂いた方、担当編集のOさん、作品に素敵なイラストを用意してくださったｍｍｕ《エムエムユー》様、また出版以前からネット上で私の作品を見てくださった方々に多大な感謝をしております。

OSOシリーズは、現在ドラゴンエイジにて羽仁倉雲《はにくらうん》先生作画によるコミカライズ版を掲載しております。コミカルでキュートなコミック版のユンたちの活躍や可愛《かわい》い姿を見ることができます。

OSO23巻は、レティーアたちと一緒にクエストチップ集めに奔走する話でしたが、楽しんで頂けたでしょうか。

作中に登場したクエストチップイベントは、復刻とブラッシュアップを重ねて3回目。

そろそろ読者の方々がマンネリを感じていないか、戦々恐々としております。

今巻もまた、非常に執筆に悩んだ巻でした。

最初は、小説の叩《たた》き台《だい》であるプロットを作り、それを元に書き進めました。

その途中、何度もこれじゃあダメだと感じて、その度に悩んで原因を見つけてプロット自体を書き直しながら執筆しておりました。

ボツにした内容の一つは、高速周回デスマーチでクエストチップを集めさせる、という物でした。

当初は、ユンたちが金チップ100枚を自力で集めるために、周回ムーブでエリア内を駆け抜けるのを考えていました。

最初は、ヒィヒィ言いながらエリアを周回するユンたちを想像して、不憫《ふびん》だけど楽しい気持ちになり、何十回と回数を重ねて、段々と効率化を追求して最適化された動きを見せたら面白いな、という思いで当初のプロットに書き込みました。

だけど、実際に執筆するとふと思ったのです。

——これ、面白くないな、と。

確かに一発ネタとしては面白いんですが、基本的に周回や稼ぎ作業はゲーム実況などでは表に出さない面白くない部分なのでボツになりました。

次にボツにした内容は、4章でのライナとアルの初心者プレイヤーのキャリーに関してです。

当初は、冬イベ後半の参加条件を満たそうとして迷宮街を目指す初心者プレイヤーたちを妨害するために、その経路の湿地エリアでＰＫ《プレイヤー・キラー》たちが待ち構えている、という内容でした。

ライナとアルの要請を受けてキャリーに加わったユンたちは、待ち受けるＰＫたちを返り討ちにして無事に迷宮街まで送り届け、ＰＫたちに懸けられた懸賞金のクエストチップを手に入れる内容を考えておりました。

こっちがボツになった理由は、初心者への嫌がらせで多くのＰＫたちが集まるだろうか、という疑問やそもそもＯＳＯのＰＫにメリットがない点があり、あんまり自分の中で納得感のない内容だったからです。

そんなボツとプロット修正の連続で遅くなりましたが、読者の皆様が求めるＯＳＯの世界を書くことができたんじゃないかと思います。

これからも私、アロハ座長をよろしくお願いします。

最後にこの本を手に取って頂いた読者の皆様に、改めて感謝を申し上げます。

二〇二四年　三月　アロハ座長

富士見ファンタジア文庫

Only Sense Online 23

—オンリーセンス・オンライン—

令和6年4月20日　初版発行

著者——アロハ座《ざ》長《ちょう》

発行者——山下直久

発　行——株式会社KADOKAWA

〒102-8177

東京都千代田区富士見2-13-3

0570-002-301（ナビダイヤル）

印刷所——株式会社暁印刷

製本所——本間製本株式会社

ISBN978-4-04-075464-2 C0193　◇◇◇

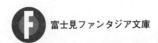

騙しあい。

各国がスパイによる戦争を繰り広げる世界。任務成功率100%、しかし性格に難ありの凄腕スパイ・クラウスは、死亡率九割を超える任務に、何故か未熟な7人の少女たちを招集するのだが――。

シリーズ
好評発売中!

ファンタジア文庫

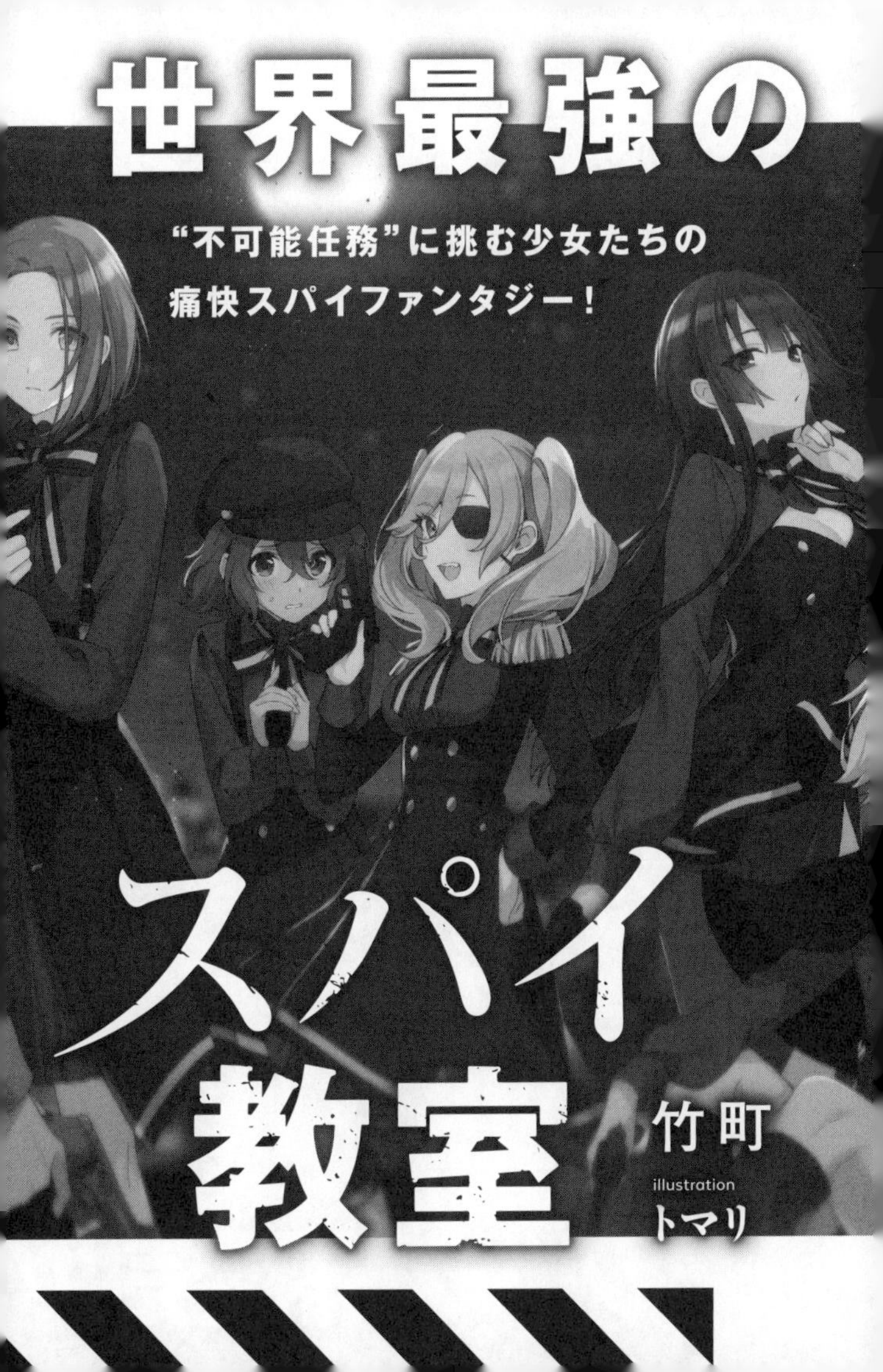
世界最強の
“不可能任務”に挑む少女たちの
痛快スパイファンタジー！
スパイ教室
竹町
illustration
トマリ

この少年
すべてが
天上優夜《てんじょうゆうや》
異世界で
レベルアップした結果、
最強の身体能力を
手に入れた少年
シリーズ好評発売中！

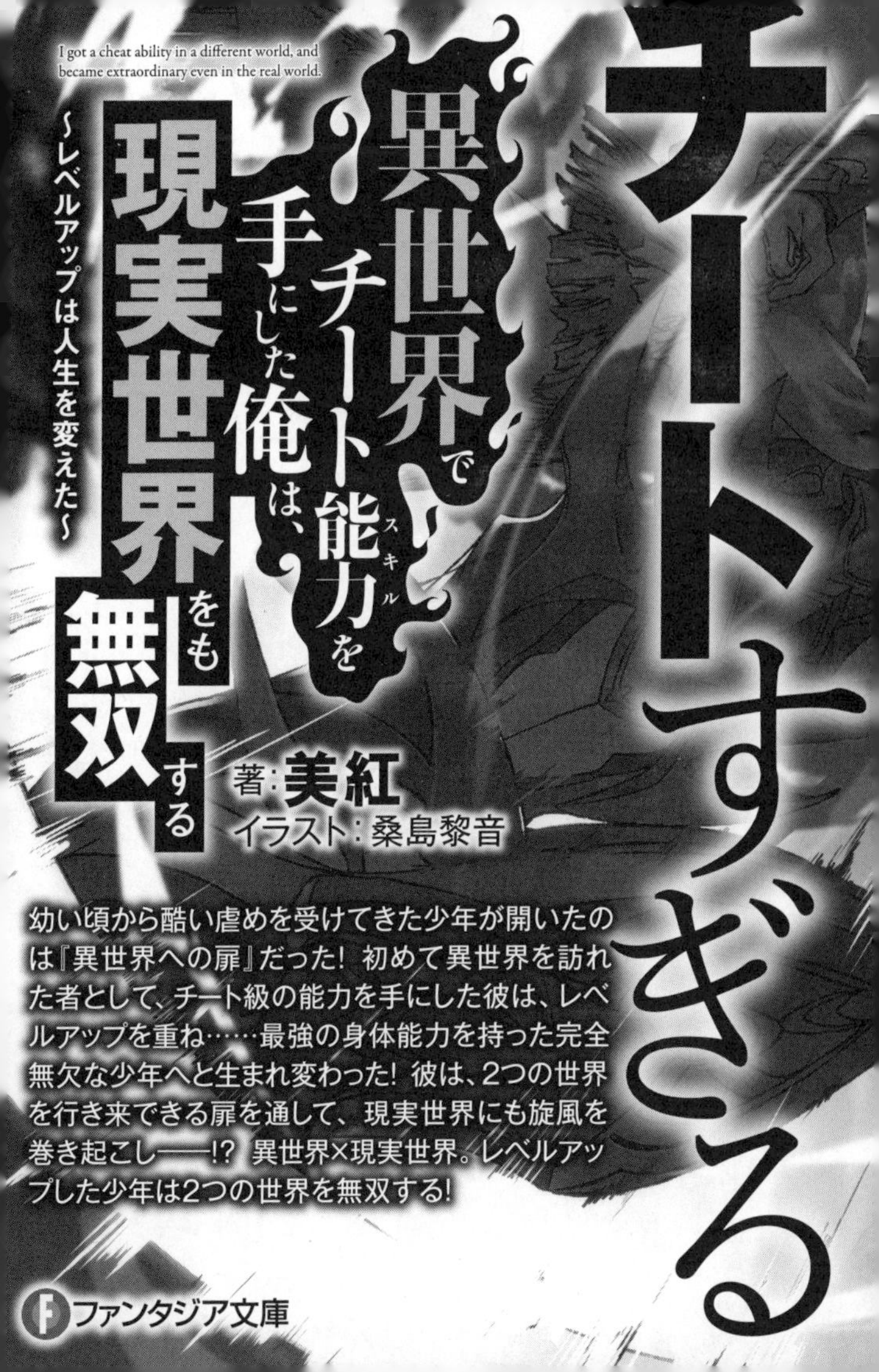

チートすぎる
I got a cheat ability in a different world, and became extraordinary even in the real world.
異世界でチート能力《スキル》を手にした俺は、現実世界をも無双する
～レベルアップは人生を変えた～
著：美紅
イラスト：桑島黎音
幼い頃から酷い虐めを受けてきた少年が開いたのは『異世界への扉』だった！ 初めて異世界を訪れた者として、チート級の能力を手にした彼は、レベルアップを重ね……最強の身体能力を持った完全無欠な少年へと生まれ変わった！ 彼は、2つの世界を行き来できる扉を通して、現実世界にも旋風を巻き起こし——!? 異世界×現実世界。レベルアップした少年は2つの世界を無双する！
ファンタジア文庫

これは世界を救う
久遠崎彩禍。三〇〇時間に一度、滅亡の危機を迎える世界を救い続けてきた最強の魔女。そして——玖珂無色に身体と力を引き継ぎ、死んでしまった初恋の少女。
無色は彩禍として誰にもバレないよう学園に通うことになるのだが……油断すると男性に戻ってしまうため、女性からのキスが必要不可欠で!?
シン世代ボーイ・ミーツ・ガール!
1
王様のプロポーズ
King Propose
橘公司
Koushi Tachibana
[イラスト]——つなこ

最強の初恋
シリーズ
好評発売中!
ファンタジア文庫

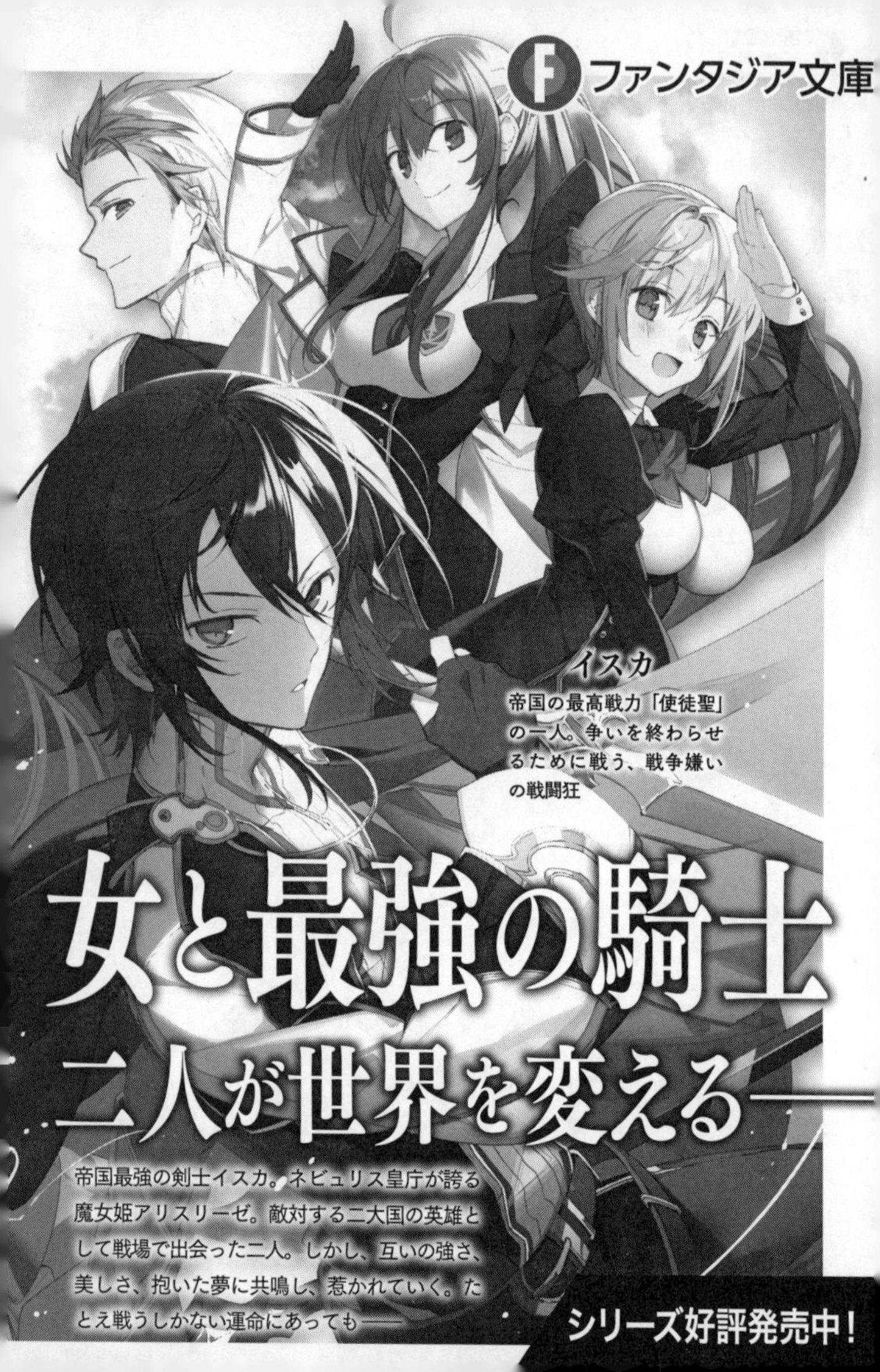

ファンタジア文庫
イスカ
帝国の最高戦力「使徒聖」の一人。争いを終わらせるために戦う、戦争嫌いの戦闘狂
女と最強の騎士
二人が世界を変える——
帝国最強の剣士イスカ。ネビュリス皇庁が誇る魔女姫アリスリーゼ。敵対する二大国の英雄として戦場で出会った二人。しかし、互いの強さ、美しさ、抱いた夢に共鳴し、惹かれていく。たとえ戦うしかない運命にあっても——
シリーズ好評発売中！

細音啓が紡ぐ新たなるヒロイックファンタジー
細音啓
イラスト
猫鍋蒼
キミと僕の最後の戦場、あるいは世界が始まる聖戦
the War ends the world / raises the world
至高の魔
敵対する
アリスリーゼ
帝国と対立しているネビュリス皇庁の第２王女で強力な氷の星霊を使う「氷禍の魔女」

切り拓け！キミだけの王道
ファンタジア大賞
原稿募集中！
賞金
《大賞》300万円
《金賞》50万円
《銀賞》30万円
選考委員
細音啓「キミと僕の最後の戦場、あるいは世界が始まる聖戦」
橘公司「デート・ア・ライブ」
羊太郎「ロクでなし魔術講師と禁忌教典《アカシックレコード》」
ファンタジア文庫編集長
前期締切 8月末日
後期締切 2月末日
公式サイトはこちら！ https://www.fantasiataisho.com/
イラスト／つなこ、猫鍋蒼、三嶋くろね